I0664550

ÉLECTRE

TRAGÉDIE DE SOPHOCLE

TRADUITE EN VERS

Par Ch. CHABAULT

Professeur agrégé des Lettres

Musique de scène de A. Nepomuceno

Décor de Louis Bigaux

Représentée sur le théâtre du collège de Ste-Barbe-des-Champs
à Fontenay-aux-Roses, le jeudi 30 mai 1895

Orchestre sous la direction de M. E. DEBRUILLE, de l'Opéra

PARIS

LIBRAIRIE CH. DELAGRAVE

15, RUE SOUFFLOT, 15

ÉLECTRE

COULOMMIERS

Imprimerie Paul BRODARD.

ÉLECTRE

TRAGÉDIE DE SOPHOCLE

TRADUITE EN VERS

Par Ch. CHABAULT

Professeur agrégé des Lettres

Musique de scène de A. Nepomuceno

Décor de Louis Bigaux

Représentée sur le théâtre du collège de Ste-Barbe-des-Champs,
à Fontenay-aux-Roses, le jeudi 30 mai 1895.

Orchestre sous la direction de M. E. DEBRUILLE, de l'Opéra

PARIS

LIBRAIRIE CH. DELAGRAVE

15, RUE SOUFFLOT, 15

DON E. DUTUIT
1878

ANALYSE

De toutes les légendes antiques, la plus célèbre est la guerre de Troie. Elle eut pour cause l'enlèvement d'Hélène, la fille de Léda et de Zeus, une femme dont la beauté était si merveilleuse que les vieillards eux-mêmes, en la voyant s'avancer, étaient saisis d'admiration [1]. Elle avait épousé Ménélas, roi de Sparte ; mais séduite par le Troyen Pâris, un des fils d'Hector et d'Hécube, elle consentit à le suivre dans sa patrie. Les Grecs décidèrent de la reconquérir ; ils se rassemblèrent à Aulis, un petit port de Béotie, sous la conduite d'Agamemnon, roi de Mycènes et frère de Ménélas. Mais quand ils voulurent mettre à la voile, les vents refusèrent de souffler. On consulte les Dieux ; l'oracle répond que Diane irritée [2] exige le sacrifice d'une vierge, la propre fille d'Agamemnon, Iphigénie. D'abord le père se révolte contre cet ordre barbare ; mais pressé par les autres chefs, poussé par l'ambition, malgré les prières et les larmes de sa femme, il finit par consentir au sacrifice de son enfant. Iphigénie est immolée, les vents gonflent les voiles et la flotte part sous les ordres d'Agamemnon, qui laissait dans

1. Cf. Homère, *Iliade*, ch. III.
2. Cf. *Électre*, acte II, sc. i, vers 62 et suiv.

son palais, avec son épouse Clytemnestre, deux filles, Électre
et Chrysothémis, et un fils en bas âge, Oreste.

La guerre de Troie dura dix ans, et Clytemnestre n'imita
pas la fidélité de Pénélope. Pendant l'absence de son mari,
elle se donna à Égisthe, qu'elle aimait, et eut de lui plusieurs
enfants [1]. Lorsqu'Agamemnon revint à Mycènes, les deux
amants furent atterrés par ce retour inattendu; une nuit,
pendant son sommeil, ils l'assassinèrent. Ils pensèrent même
à se défaire du jeune Oreste, dans la crainte qu'il ne cher-
chât un jour à venger la mort de son père. Mais Électre
veillait sur son jeune frère; elle le sauva, le confia à un
serviteur fidèle pour l'emmener dans un pays lointain; et
depuis elle vit dans le palais, traitée en servante, presque
en esclave, abreuvée d'humiliations et d'outrages par Égisthe
et Clytemnestre, nourrissant contre eux une haine violente
et sans cesse leur reprochant leur crime, gardant toujours
pieusement le souvenir du père qu'elle chérissait, et sou-
tenue par l'espérance qu'un jour Oreste mettra un terme à
ses maux et punira les coupables.

Telle est la légende qui a inspiré à Sophocle cette tragédie.
Le retour d'Oreste qui revient à Mycènes sans être reconnu
ni de Clytemnestre ni même d'Électre, la ruse qu'il imagine,
se faisant passer pour mort, afin de n'éveiller aucun soupçon
et d'assurer sa vengeance, enfin le terrible châtiment qu'il
tire d'Égisthe et de Clytemnestre, voilà en quelques mots le
sujet d'*Électre*.

Ce drame date de plus de deux mille ans, et cependant il
n'a pas perdu de son intérêt, car le sujet n'est pas particulier
à une race, à une époque, à une civilisation, comme celui de
certaines tragédies antiques, représentées sur la scène fran-
çaise. Les *Perses*, par exemple, cette enthousiaste glorifi-
cation du courage et de la victoire des Grecs, ne peuvent inté-
resser qu'en partie un public moderne, privé forcément du
lyrisme qui fait la beauté de cette œuvre; *Antigone* même

---

1. Cf. *Électre*, acte II, sc. I, v. 96.

n'est bien comprise que si l'on sait quelle importance les anciens attachaient aux cérémonies funéraires ; le dévouement conjugal d'Alceste, sa touchante résignation, nous émeuvent, mais la grossièreté d'Héraclès nous choque et l'égoïsme d'Admète nous révolte. Dans *Électre*, rien de semblable : les caractères des personnages, les passions qui les agitent, se retrouvent chez tous les peuples, à toutes les époques, et l'intérêt du sujet tient à ce qu'il est, non seulement dramatique, mais humain et religieux.

Quoi de plus poignant en effet que ce complot formé par des enfants pour assassiner leur mère ? L'action se déroule avec cette admirable simplicité, qui fait la grandeur du théâtre de Sophocle ; point de complications, point d'événements inattendus ou étrangers ; pas d'autre ressort que le jeu des passions et leur développement naturel. Clytemnestre, c'est l'amour adultère allant jusqu'au meurtre, toujours acharnée contre Électre, qui lui apparaît comme un reproche vivant, tantôt avouant cyniquement son crime et s'en faisant gloire, tantôt cherchant des prétextes pour le justifier, troublée par le remords, inquiétée par un songe, comme l'Athalie de Racine, et venant comme elle chercher la paix au pied des autels, espérant par des prières, des offrandes et des libations détourner le châtiment qu'elle sent vaguement suspendu sur sa tête. Chrysothémis, c'est la jeune fille gracieuse, douce, timide, raisonnable, instruite par le malheur, pleurant la mort de son père, condamnant la conduite de sa mère, mais ayant conscience de sa faiblesse et, avec le sens pratique qu'on remarque chez les Grecs, n'osant entreprendre une lutte inutile contre des ennemis plus puissants, et pour vivre tranquille, se résignant à son sort. Quelle différence avec Électre et Oreste, l'une violente, emportée, aigrie par la souffrance ; l'autre calme, résolu, comme l'instrument du Destin, tous deux personnifiant la vengeance, ou plutôt le devoir ! Car tandis que la religion chrétienne et la morale moderne sont d'accord pour ordonner le pardon des injures, tandis que la loi civile défend de se faire justice soi-même, la religion païenne et la morale antique s'unissent pour faire de la vengeance non seulement un droit, mais un devoir sacré. Ce sont les Dieux eux-mêmes qui arment la main d'Oreste; c'est Apollon qui lui ordonne de venger le meurtre de son père, la coupable fût-elle sa mère; aussi, chez lui comme chez sa sœur, pas une hésitation, pas l'ombre d'un remords; rien ne les arrête, ni la voix de la nature, ni l'horreur du parricide; Oreste n'est pas un meurtrier, c'est un justicier.

Voilà les passions que Sophocle a peintes; ce sont celles qui aujourd'hui encore agitent les hommes; les crimes qu'il représente sur la scène, se commettent dans la réalité; aussi cette tragédie, profondément humaine, après avoir passionné les anciens, peut-elle encore émouvoir les modernes.

UNE PREMIÈRE
A SAINTE-BARBE-DES-CHAMPS

Sophocle est décidément à la mode : il devient très pari-
sien. Son *Œdipe-roi*, traduit par P. Lacroix, a obtenu un
grand succès de drame fortement charpenté et vivement
précipité à la catastrophe. Et son *Antigone* adaptée par
MM. Meurice et Vacquerie, avec plus d'étonnement, a pro-
voqué plus de larmes aussi. Voici maintenant qu'après les
malheurs des Labdacides, M. Chabault a mis sous nos yeux
la sombre terreur qui, dans un irrésistible enchaînement de
meurtres vengés et vengeurs, pèse sur le palais, sur les âmes
des Atrides. *Électre* est peut-être la plus forte des tragédies
du cycle. Clytemnestre est sûre de son droit. Électre affirme
le sien. Oreste n'éprouve ni hésitation ni scrupule. Rien de
plus volontaire que ces meurtres, rien de plus raisonnable
que les assassins : rien donc de plus étrange, de plus âpre,
de plus angoissant que ce drame, où le crime, sans rien
perdre de son horreur propre, revêt la majesté du devoir.

Rien aussi de plus délicat à exposer à un spectateur français. Peu d'action : les lamentations d'Électre, chienne hur-
lante près du tombeau paternel, comme Hécube auprès des
restes de ses enfants, remplissent pour ainsi dire les deux
tiers de la pièce : pas un instant de détente dans les cris de
douleur et de rage; pas plus avec Chrysothémis qu'avec
Clytemnestre, Électre n'abaisse le ton, n'adoucit la voix, ne

livre son cœur aux douces émotions. Ses pleurs mêmes sont des colères, ses plaintes sont des menaces. C'est à peine si elle attend le sauveur; elle est sans espoir; elle reste là, rôdant aux abords du palais, éternellement vouée à la rage monotone et impuissante. Sans doute, dès que le drame marche, il se précipite : l'arrivée d'Oreste, la reconnaissance, la résolution de la vengeance, la mort des époux coupables, tous ces événements se poussent successivement, se pressent, en une marche tumultueuse; mais il faut attendre aux dernières scènes. Jusque-là l'intérêt est dans les attitudes, dans les états des âmes et dans les paroles.

Aussi la tâche du traducteur est-elle particulièrement scabreuse ici. L'intérêt qui s'attache aux mouvements de l'action, aux solutions attendues des crises violentes, occuperait le spectateur tout entier : et qu'importe comment on parle, dès qu'on agit fortement? Mais, dans *Électre*, c'est à l'auditeur que le poète s'adresse, et sans l'étourdir des vertiges d'un drame haletant, sans l'étonner de l'éclat des péripéties, il ne lui demande que d'écouter : et c'est dès lors l'expression seule qui doit nous séduire, nous attacher, nous émouvoir. Le traducteur n'est pas soutenu ici, comme dans *OEdipe-roi*, par l'intérêt naturel d'une action entraînante : il se présente seul au public, je me trompe, il se présente — avec Sophocle.

Je crois ne rien exagérer en disant qu'il y a plus de difficulté et plus d'honneur à faire applaudir une traduction d'*Électre* que d'*OEdipe-roi*. Et je n'ajouterai qu'un mot : c'est que M. Chabault y a réussi.

Il y a réussi malgré les circonstances. Car la salle de gymnastique de Fontenay-aux-Roses n'a pas été destinée à des représentations dramatiques : et l'acoustique n'en est pas très favorable aux acteurs. Les décors de M. Bigaux, les costumes de M. Multzer, avec leurs discrètes et délicates couleurs, auraient eu plutôt besoin de l'électricité de la rampe et des coulisses, que de ce jour cru que le soleil leur prodiguait... Quant aux artistes, ils nous ont donné de la pièce une impression assez forte pour nous inspirer le désir et l'espoir de la voir jouer sur un véritable théâtre, avec toute la mise en scène qu'elle comporte. La musique de M. Nepomuceno, égrenant les notes plaintives de la flûte ou prolongeant les sons pénétrants du violoncelle, a commenté avec autant d'exactitude que de discrétion les récitatifs du chœur.

Et je ne vois vraiment pas de critique sérieuse à faire, — étant admis que rien n'est parfait — non pas même la liberté que s'est accordée M. Chabault de croiser souvent les rimes de ses alexandrins et de ne pas s'astreindre aux couples successives de rimes masculines et féminines. Qui, s'en étant aperçu, a pu s'en choquer? Et ce que Sully-Prudhomme, pour n'en pas citer d'autres, a fait dans plus d'un de ses poèmes, pourquoi serait-il interdit au théâtre? Si cette licence a permis à M. Chabault de traduire plus sûrement, et non pas le texte seulement, mais l'âme du poète grec, ne faut-il pas s'en féliciter plutôt que le regretter? L'essentiel est que les vers soient harmonieux, qu'ils soient pleins, qu'on n'y sente ni gêne ni vide; et c'est bien là l'impression que nous avons éprouvée en assistant à la représentation.

CH.-H. BOUDHORS.

(*L'Enseignement secondaire*, 15 juin 1895.)

SOPHOCLE A SAINTE-BARBE-DES-CHAMPS

Le collège Sainte-Barbe-des-Champs vient de nous offrir un spectacle qui intéresse non seulement les universitaires, mais les lettrés et qui fut même plus littéraire que scolaire. Dans son théâtre si joliment installé, il nous a présenté ou représenté du Sophocle tout simplement. Il nous a régalés

avec l'*Électre* de ce poète. Mets austère et qui au premier
abord semblait lourd à digérer; mais telle est la beauté de
la pièce, tel est le mérite de la traduction et telle fut la
valeur de l'interprétation, que nous n'avons pas senti le
fardeau, mais seulement le plaisir.

La traduction est de M. Charles Chabault. Elle est en
vers, et en fort bons vers. Bons plutôt que beaux; mais les
beaux vers des traducteurs sont rares. Vous n'en compte-
riez pas beaucoup dans l'*OEdipe-roi* de Jules Lacroix, dans
l'*Antigone* de Vacquerie et Meurice : et l'on sait pourtant
le brillant succès de ces deux pièces à la Comédie-Française.
Succès justifié, car le premier devoir, j'ose dire le premier
talent du traducteur, c'est précisément de traduire; c'est
d'être fidèle, au risque de n'être pas éclatant; c'est de ne
pas tromper Sophocle par un faux hommage, ni les spectateurs par du faux Sophocle; c'est de transporter d'une
langue dans une autre un poème d'émotion, une fleur san-
glante de passion ou de douleur, mais sans la meurtrir ni
l'amputer, sans la défigurer sous prétexte de l'enjoliver.

Telle a été sans doute la pensée de M. Chabault, lorsque,
devant le poète grec, il a respectueusement effacé le poète
français. Ce respect du maître a du reste porté bonheur au
disciple. L'œuvre a produit un grand effet, justement parce
qu'on la sentait sincère, intacte, exacte; et lorsqu'au milieu
du chœur des jeunes filles d'Argos, douces et virginales
sous leurs longs voiles blancs, est apparue la sombre
Électre, douloureuse et fatale sous de longs voiles de deuil,
le contraste fut saisissant, le drame du premier coup portait et les applaudissements ont éclaté; et plus tard, lorsque
la sœur reconnaît le frère, lorsque la sacrifiée retrouve
l'exilé, lorsqu'elle tend les bras vers le sauveur et l'ami
qu'appelait son attente éternelle, lorsque, après tant de cris
de désespoir, elle jette enfin le cri d'amour et de délivrance :

> Vous qui m'aimez, voyez, Oreste m'est rendu
> Et j'embrasse l'*enfant* que je croyais perdu.

à ce mot d'*enfant*, qui à cet endroit est si beau, car il en dit si long, les larmes ont coulé, involontairement, infailliblement. De la situation même jaillissait le flot de pitié. Et c'est la simplicité qui fait ici toute la beauté.

Et à ce moment même je me suis rappelé que, dans l'*Orestie* d'Alexandre Dumas père, adaptation d'ailleurs admirable par endroits, mais d'une note trop moderne et d'une couleur trop romantique, le même passage était amplifié ainsi :

ÉLECTRE.

... Tu vis, mon seul amour !
Toi que, depuis sept ans, j'appelle nuit et jour,
Et que tu revois juste à l'heure douloureuse,
Où tu pleurais sa mort, Électre bienheureuse !

ORESTE.

Couvre-moi tout entier de ton regard joyeux,
Mon cœur contre ton cœur et tes yeux sur mes yeux.

ÉLECTRE, au chœur de jeunes filles.

O vous, à l'esclavage avec moi condamnées,
Qui n'avez jusqu'ici connu que mes douleurs,
Le voilà ! cet Oreste aux nobles destinées,
Qui vient, comme Phénix, de renaître à nos pleurs.

Oh ! sois le bienvenu dans Mycènes ravie !
Qu'Argos te reconnaisse et t'ouvre ses remparts,
Cher objet de mes soins, chère âme de ma vie,
Toi pour qui, de mon cœur le ciel fit quatre parts !

Que j'aime de l'amour que j'aurais pour mon père,
Que j'aime de l'amour que j'aurais pour ma sœur,
Que j'aime de l'amour que j'eusse eu pour ma mère,
Que j'aime de l'amour que j'ai pour mon vengeur.

Ce sont là des vers brillants, mais trop, pour la situation ; et pour ma part, à ces strophes d'une belle envolée, je préfère le seul vers :

Et j'embrasse l'enfant que je croyais perdu.

L'*Orestie* fut jouée à la Porte-Saint-Martin : c'était sa place. Pourquoi l'Odéon ne jouerait-il pas l'*Électre* de Charles Chabault ?

EMILE TROLLIET.
(*L'Écho de la semaine*, juin 1895.)

PERSONNAGES	ACTEURS
ORESTE.	MM. GERVAL (de l'Odéon).
LE GOUVERNEUR.	POINCET.
ÉGISTHE	P. CLERC.
PYLADE, personnage muet	LÉON MOUGIN.
ÉLECTRE, fille d'Agamemnon et de Clytemnestre	Mmes COMTE (du théâtre de la Porte-Saint-Martin).
CLYTEMNESTRE.	LHERBAY (de la Comédie-Française).
CHRYSOTHÉMIS, fille d'Agamemnon et de Clytemnestre.	LAURE X...
1er Coryphée	FLAMEN.
2me Coryphée.	PIN.
LE CHŒUR, composé de jeunes filles de Mycènes.	
SUIVANTES.	

La scène se passe à Mycènes, sur une place publique, le Lycos.

ÉLECTRE

ACTE PREMIER

Une place publique, le Lycos. Dans le lointain, le bois d'Inachos. Au fond, le palais d'Agamemnon. A gauche, le temple de Héra. Un autel.

(Prélude musical.)

SCÈNE PREMIÈRE

LE GOUVERNEUR, ORESTE, PYLADE,
puis ÉLECTRE dans le palais.

LE GOUVERNEUR.

O fils d'Agamemnon, du chef qui devant Troie
Commanda nos soldats, Zeus t'accorde la joie
De contempler la terre où dorment tes aïeux
Et cette antique Argos, que réclamaient tes vœux.
Tu vois ce bois sacré : sous d'horribles morsures
C'est là que succomba la fille d'Inachos.
Voici l'autel du Dieu qui punit les parjures,
Le temple de Héra, la place du Lycos.

Aux lieux où tu naquis enfin je te ramène ;
La ville où nous entrons, Oreste, c'est Mycène,
Mycène l'opulente ; et voilà le palais,
Détestable demeure, où l'épouse adultère
Égorgea son époux, ô mon enfant, ton père.
Pendant ce meurtre affreux, sur tes jours je veillais ;
Électre te remit entre mes mains fidèles ;
Je te pris, te sauvai des fureurs maternelles,
J'élevai ton enfance et je nourris en toi
Le vengeur de ton père et celui de mon roi.

Maintenant donc, Oreste, et toi, mon cher Pylade,
Qui pour nous seconder nous suivis en Hellade,
Qu'allons-nous faire ? Il faut ne pas perdre un instant,
Car déjà de Phoibos l'éclat resplendissant
Dissipant de la nuit les lueurs sidérales
Éveille les oiseaux et leurs voix matinales.
Bientôt de ce palais les portes vont s'ouvrir ;
Il ne faut plus tarder, amis ; il faut agir.

ORESTE.

O serviteur chéri, ton amitié fidèle
Par des gages nouveaux tous les jours se révèle.
Tel un noble coursier ne perd point son ardeur
Même si la vieillesse a ravi sa vigueur ;
Au milieu des périls il dresse encor l'oreille ;
Ainsi ta voix nous presse et ton cœur nous conseille
Et toi-même avant tous tu marches au danger.
Apprends donc ma pensée ; écoute ; ma jeunesse,

Imprudente peut-être en voulant se venger,
Se confie en ton âge ainsi qu'en ta sagesse.
  Quand j'allai demander à l'oracle Pythien
Comment je punirais l'assassin de mon père,
Phoibos me répondit, touché de ma prière :
« Ne cherche qu'en toi-même, Oreste, ton soutien ;
Toi-même, de ta main frappe les adultères ;
Par ruse ils ont tué, par ruse ils périront ;
Frappe ; ton œuvre est juste et les Dieux t'absoudront. »
Ainsi parla Phoibos, sans détours, sans mystères.
Entre donc au palais ; les ans et les malheurs
Ont altéré tes traits, et sous l'éclat des fleurs
Qui pourrait soupçonner le compagnon d'Oreste ?
« O reine, diras-tu, par serment je l'atteste,
Victime aux jeux Pythiens de la rigueur du sort,
Renversé sous son char, ton fils Oreste est mort.
C'est Phanoteus, mon maître et votre allié fidèle,
Qui m'envoie à sa mère en porter la nouvelle. »
        (S'adressant à Pylade.)
Pour nous, obéissant aux ordres d'Apollon
Faisons ce que prescrit la pitié filiale ;
Allons, pour consoler l'ombre d'Agamemnon,
Sur ses cendres verser les parfums, l'eau lustrale ;
Coupons sur son tombeau nos boucles de cheveux,
Pylade, et prions-le de seconder nos vœux.
Puis, portant dans nos mains cette urne funéraire
Qu'au milieu des buissons, dans un lieu solitaire
Nous avons déposée, ici nous reviendrons.

Quels seront leurs transports, lorsque nous leur dirons :
« Dans cette urne d'airain, ô reine, je t'apporte
Les cendres de ton fils. » Passer pour mort, qu'importe,
Si je vis en effet, et si par mes vertus
J'assure mon triomphe et me couvre de gloire?
Nul mot n'est malheureux, s'il donne la victoire.
Des héros, qu'à jamais on croyait disparus,
Avec adresse usant d'un pareil stratagème,
Ont revu leur patrie et leurs amis ; de même,
Devant mes ennemis, comme un astre éclatant,
Quand ils me croiront mort, j'apparaîtrai vivant.

(Musique.)
(S'inclinant devant l'autel.)

O sol de ma patrie, et vous, Dieux Indigènes,
Puissé-je avec bonheur te revoir, ô Mycènes !
O palais de mon père, envoyé par les Dieux,
Pour te purifier je reviens en ces lieux.
Ne me repousse pas, foyer qui m'as vu naître,
Mais reconnais Oreste, héritier de ton maître,
Le fils qui te rendra ton antique splendeur.

(Au gouverneur.)

Va maintenant, vieillard, accomplir ton message ;

(A Pylade.)

Nous, partons, il est temps ; l'homme doit, s'il est sage,
Profiter des instants.

(Ils vont sortir, quand on entend des cris de douleur dans le palais.)

ÉLECTRE, dans le palais.

Malheur à moi ! malheur !

Hélas !

LE GOUVERNEUR.

Dans le palais, mon fils, je crois entendre
Des cris d'esclave.

ÉLECTRE.

Hélas !

ORESTE.

Pylade, il faut attendre.
Dieux ! si c'était Électre ! Écoutons encor.

LE GOUVERNEUR.

Non.

Obéis à Phoibos, allons d'Agamemnon
Par des libations honorer la mémoire.
L'obéissance aux Dieux assure la victoire. (Ils sortent.)

(Musique pour l'entrée du chœur, qui va se ranger lentement autour
de l'autel.)

SCÈNE II

ÉLECTRE, apparaissant sur les marches du palais.

O Dieu pur, ô Phoibos, témoin de mes douleurs,
Tous les jours tu me vois me consumer en pleurs
Et de mes mains déchirer ma poitrine,
Quand devant ta clarté divine
La pâle Séléné s'efface dans les cieux.
La nuit, quand le sommeil a fermé tous les yeux,
Dans mon lit je sanglote et gémis sur mon père.
Sur une terre étrangère,

Dans les combats d'Arès il n'a pas succombé,
Mais frappé par ma mère et son amant perfide,
Sous la hache homicide,
Comme un grand chêne, il est tombé !
Et nul dans ta famille,
Nul ne porte ton deuil, excepté moi, ta fille.
Jamais, tant que mes yeux verront
Dans l'ombre scintiller l'étoile étincelante,
Tant qu'ils verront du jour la lumière éclatante,
Non, non, jamais mes pleurs ne tariront.
Mais comme l'hirondelle
De ses enfants pleurant la mort,
Devant la maison paternelle,
Je gémirai sur ton injuste sort.
Imprécation divine,
Sombre séjour d'Hadès,
Séjour de Proserpine,
Conducteur des morts, vénérable Hermès,
Et vous qui punissez le meurtre et l'adultère,
Déesses du Styx, à vous j'ai recours.
Euménides, venez, venez à mon secours;
Vengez la mort de notre père;
Pour soutenir ma force envoyez-moi mon frère,
Car seule, sans appui, succombant aux malheurs,
Je ne puis plus porter le poids de mes douleurs.

SCÈNE III

ÉLECTRE, LE CHŒUR.

STROPHE I [1].

LE CHŒUR : Iᵉʳ CORYPHÉE.

Que j'ai pitié de toi! Ton cœur insatiable
    Ne peut assouvir son courroux
Depuis que de ta mère une ruse exécrable
Au fer de son amant a livré son époux.
Ah! puisse-t-il, l'auteur de cet horrible crime,
Par son sang effacer le sang de sa victime!

ÉLECTRE.

Nobles enfants, votre douce pitié
        A mes maux s'intéresse,
    Je sais pour moi votre tendresse
    Et de ces marques d'amitié
    Mon cœur touché vous remercie.
Pourtant je ne veux point oublier mes malheurs,
Laissez-moi donc gémir, laissez couler mes pleurs,
        Hélas! Hélas! je vous en prie.

---

1. Le chœur exécute une évolution de gauche à droite, en déclamant des vers, souvent accompagnés de musique; c'est la *strophe*; puis par un mouvement en sens inverse revient à sa première position, en prononçant des vers dont le rythme correspond exactement à celui de la strophe; c'est l'*antistrophe*. Ce développement lyrique se termine par l'*épode*.

ANTISTROPHE I

LE CHOEUR : II° CORYPHÉE.

Du séjour où Pluton appelle les mortels
Ni tes plaintes, ni ta prière
Ne pourront évoquer les mânes de ton père ;
Pourquoi te consumer en regrets éternels ?
De voir cesser tes maux tu n'as pas l'espérance ;
Pourquoi te complais-tu toujours dans la souffrance ?

ÉPODE I

ÉLECTRE.

Ah ! malheur à celui qui d'un père égorgé
Peut perdre la mémoire !
A ne rien oublier je mets toute ma gloire.
J'aime de Zeus le plaintif messager,
L'oiseau qui gémissant sans cesse
Sur son nid vide appelle de ses cris
Itys, Itys, toujours Itys ;
Je t'honore et t'invoque ainsi qu'une déesse,
Toi qui t'es vu ravir l'objet de tes amours,
Niobé, malheureuse mère,
Toi qui dans un tombeau de pierre,
Hélas ! Hélas ! gémis toujours.

STROPHE II

LE CHOEUR : Ier CORYPHÉE.

Ce n'est point sur toi seule, enfant infortunée,
Que s'est abattu le malheur.

Dans ce palais une autre fille est née :
Chrysothémis, ta sœur, partage ta douleur.
Comme elle, à tous les yeux dissimule ta peine ;
Un jour, du puissant Zeus la bonté souveraine
          Dans l'illustre Mycène
     Ramènera glorieux, triomphant,
          Celui qu'un sort funeste
Exila de ces lieux quand il était enfant,
          Oreste !

ÉLECTRE.

Oreste ! Hélas ! En vain je l'attends chaque jour !
     Sans enfants, sans époux, sans amour,
        Toujours de mes larmes baignée,
        Toujours par mon deuil accablée,
J'erre, ainsi qu'une esclave, aux portes du palais.
Et lui, l'ingrat, oublie et sa sœur et son père ;
Ses messages menteurs ont beau me dire : Espère !
Il veut toujours venir ; mais il ne vient jamais.

ANTISTROPHE II

LE CHŒUR : IIᵉ CORYPHÉE.

O mon enfant, prends patience.
     Le souverain des Dieux
Veille du haut du ciel sur les mortels pieux ;
En ses justes arrêts mettant ta confiance,
Cesse de t'emporter, sans cesser de haïr.
Quand Zeus aura fixé le moment de punir,

Des rives de Crissa tu verras revenir,
Armé pour la vengeance,
Protégé par le roi sombre de l'Achéron,
Tu verras revenir le fils d'Agamemnon.

ÉPODE II

ÉLECTRE.

Cependant le temps passe et l'espoir m'abandonne
Et je succombe à mon chagrin.
Pas un parent, pas un ami, personne
Qui me tende la main ;
Au palais paternel je vis en étrangère,
Couverte d'un haillon,
Et je rougis de voir Égisthe l'adultère,
Sur le trône où siégeait l'auguste Agamemnon.
(Musique jusqu'à : « Modère ton langage ».)

STROPHE III

LE CHŒUR : Ier et IIe CORYPHÉES.

O meurtre effroyable,
Quel cri lamentable
Retentit soudain,
Quand vainqueur de Troie,
Au sein de la joie,
Le maître s'abattit sous la hache d'airain !

ANTISTROPHE III

ÉLECTRE.

O jour exécrable,
Nuit épouvantable,

Horrible destin,
Quand deux homicides
De leurs mains perfides
T'égorgèrent, mon père, au milieu du festin !

ÉPODE III

Le coup qui t'a frappé m'a ravi l'existence.
Ah ! que Zeus Olympien, vengeur de l'innocence,
Leur infligeant un juste châtiment,
A ma misère égale leur tourment !
Que le souvenir de leur crime
Ne leur laisse goûter ni repos, ni bonheur,
Et que la nuit l'ombre de leur victime
Se dresse devant eux pour les frapper d'horreur !

LE CHOEUR.

Modère ton langage ;
Si tu vis en esclave, ô fille de mon roi,
Ton infortune est ton ouvrage :
Ton cœur inflexible a sur toi
Attiré bien des maux ; car toujours ta colère
Enfante une nouvelle guerre ;
A ton indigne sort soumets-toi, mon enfant,
Et cesse d'insulter l'ennemi triomphant.

ÉLECTRE.

Je sais à quels excès s'emporte ma colère,
Mais le Destin me voue aux malédictions.

3.

Mon langage dût-il redoubler ma misère,
  Tant que je verrai la lumière,
Je ne cesserai point mes imprécations.
Qui donc pourrait m'aimer si j'oubliais mon père?
En vain vous m'apportez vos consolations,
  Laissez-moi toute à ma tristesse;
  Irréparable est mon malheur,
  Insatiable ma douleur,
 Je veux gémir, je veux pleurer sans cesse.

LE CHŒUR.

Tu sais mon dévouement et ma fidélité.
Je t'ai parlé, comme à son enfant une mère.
Prends garde d'enfanter misère sur misère.

ÉLECTRE.

Mais eux, dans leur audace et dans leur cruauté
  Ont-ils gardé quelque mesure?
Ceux qui sont morts, dis-moi, faut-il les oublier?
Est-il beau d'étouffer le cri de la nature?
Qui parmi les mortels voudrait le conseiller?
  Que je sois de tous méprisée,
  Qu'à tous je serve de risée,
  Si je préfère à mes ressentiments
  Une sécurité coupable,
Si, retenant l'essor de mes gémissements,
  Je vis en paix avec la misérable
  Qui se réjouit de mes tourments.
Mais, justes Dieux, si celui que je pleure

N'est plus, le malheureux, que terre et que néant,
Si vous ne voulez pas, Dieux, dans cette demeure
Envoyer sur le crime un juste châtiment,
Ah! que chez les mortels à tout jamais périsse
Avec la piété l'éternelle justice!

LE CHŒUR.

Je n'ai point, mon enfant, d'autre intérêt que toi;
Si mes paroles t'ont déplu, pardonne-moi.

ÉLECTRE.

O femmes, je rougis de l'excès de ma plainte;
Mais à gémir ainsi la force m'a contrainte,
Excusez mes sanglots. Quel mortel généreux
Pourrait donc oublier un père malheureux
Et cesser d'invoquer la céleste justice,
S'il voyait, comme moi, bien loin qu'il s'affaiblisse,
Son malheur augmenter et croître jour et nuit?
Chacun dans ce palais me hait et me poursuit;
C'est ma mère d'abord, ma mère qui m'accable
Sans trève, sans merci, de sa haine implacable,
Elle qui m'a nourrie et portée en son sein.
Dans mon propre palais, avec un assassin
Je suis réduite à vivre, et sa voix méprisante
M'insulte et me commande ainsi qu'une servante;
De lui dépend mon sort. Comprends-tu mes tourments,
Quand je vois sur le trône où s'asseyait mon père
Siéger impudemment Égisthe l'adultère,
Quand je le vois paré des mêmes ornements,

Le sceptre d'or en main, au front le diadème,
Sacrifier aux Dieux, leur brûler de l'encens
Sur l'auguste foyer qu'il arrosa de sang ;
Enfin, quand je le vois, insolence suprême,
Infligeant à mon deuil le plus cruel affront,
Sans craindre d'attirer la foudre sur son front
Reposer sans pudeur dans le lit de mon père
Avec la misérable, hélas ! qui fut ma mère ?
Ma mère ! si l'on peut appeler de ce nom
Celle qui se souilla du sang d'Agamemnon,
L'infâme qui couchant avec un homicide
S'endort, sans redouter la terrible Euménide !

Que dis-je ? de son crime elle ose s'applaudir :
Lorsque revient le jour où par sa perfidie
Elle immola mon père, aux danses, au plaisir
L'audacieuse se livre, et dans sa joie impie
Tous les mois sacrifie aux Dieux libérateurs...
Malheureuse ! Inondant mon visage de pleurs,
Que je maudis alors ce festin funéraire !
Devant mes ennemis pourtant je dois me taire,
Car cette noble femme insulte à ma douleur :
« Électre que je hais, toi qui me fais horreur,
Dit-elle, es-tu la seule à qui la destinée
Ait enlevé son père ? Ah ! pleure, infortunée.
Malheur, malheur sur toi ! Que les Dieux infernaux
Ne terminent jamais ni tes cris, ni tes maux ! »

Si l'on prononce alors le nom vengeur d'Oreste,
Elle écume et rugit : « Dieux ! que je te déteste !

C'est toi qui l'as soustrait à mon ressentiment.
Mais je te punirai, monstre, terriblement. »
Alors son digne époux, ce lâche, cet infâme,
Qui n'osa pas tuer sans l'aide de sa femme,
L'applaudit et l'excite encore à m'outrager.
Et moi j'attends celui qui viendra me venger,
Malheureuse, et je meurs ; car ses incertitudes
Augmentent ma misère et mes inquiétudes.
Ah ! Pardonnez-moi donc. Dans ma calamité,
On peut bien oublier prudence et piété,
Et le mal qu'on nous fait nous oblige à mal faire.

LE CHŒUR.

Grands Dieux ! S'il t'entendait, quand tu parles ainsi
Le maître redouté !

ÉLECTRE.

Non, s'il était ici,
Je ne pourrais du ciel saluer la lumière.
Tu ne me verrais point, femme, franchir ce seuil,
Mais au fond du palais j'irais cacher mon deuil.

LE CHŒUR.

Enfant, s'il est ainsi, je reprends confiance.

ÉLECTRE.

Égisthe n'est pas là, parle avec assurance.

LE CHŒUR.

Dis-moi, que fait ton frère ?

ÉLECTRE.

Il dit qu'il va venir,

Et je l'attends toujours.

LE CHOEUR.

C'est qu'avant d'accomplir

Un important projet, longtemps on délibère.

ÉLECTRE.

Ai-je délibéré quand je l'ai secouru?

LE CHOEUR.

Oreste est généreux; il se souvient, espère.

ÉLECTRE.

Si je n'espérais plus, j'aurais bientôt vécu.

LE CHOEUR.

Tais-toi, Chrysothémis, ta sœur, vers nous s'avance;

Elle sort du palais et porte des présents

Comme aux ombres des morts en offrent les vivants.

Sur tout ce que j'ai dit garde bien le silence.

SCÈNE IV

ÉLECTRE, CHRYSOTHÉMIS, portant une guirlande
de fleurs. LE CHŒUR.

CHRYSOTHÉMIS.

Tu fais toujours, ma sœur, retentir de tes cris

Ce portique; le temps ne t'a donc pas appris

A ne point te complaire en un courroux futile?

Quand on est impuissant la plainte est inutile.

Je souffre autant que toi de nos malheurs présents
Et je leur montrerais quels sont mes sentiments,
Si je n'étais si faible; au fort de la tempête,
Il faut plier la voile, il faut courber la tête.
Tu ne peux pas leur nuire; à quoi bon menacer?
(Mouvement d'impatience d'Électre.)
Mais à te résigner je ne puis te forcer,
Pour moi qui ne veux point vivre dans l'esclavage,
J'écoute tout, ma sœur, sans répondre à l'outrage.

ÉLECTRE.

Que jamais on oublie un père généreux
Pour une indigne mère, est-ce possible, ô Dieux?
Quand je t'entends parler, j'admire son ouvrage;
C'est elle et non ton cœur qui t'apprit ce langage.
De ceux qui t'étaient chers tu n'as plus souvenir
Ou tu perds la raison. Tu m'oses soutenir
Que tu leur montrerais combien vive est ta haine,
Si tu n'étais si faible, et quand pour nous venger
Je ne redoute rien, loin de m'encourager
Tu viens encor blâmer mon courage et ma peine!
N'est-ce pas à nos maux unir la lâcheté?
Dis-moi donc, ou plutôt apprends quel avantage,
Si jamais j'écoutais un conseil aussi sage,
Je pourrais retirer de ma docilité :
Je vis mal, mais je vis; que faut-il davantage?
Je vis, pour les troubler dans leur félicité,
Pour honorer mon père et consoler son ombre,
S'il est quelque bonheur dans le royaume sombre.

Tu les hais, me dis-tu? mais ta haine consent
A dormir sous leur toit, à t'asseoir à leur table !
Tu peux toucher les mains qui versèrent le sang !
Ils pourraient bien m'offrir, à moi si misérable,
Le luxe, les festins, les plus riches présents,
Avec la liberté dont tu parais si fière,
Crois-moi, malgré l'horreur de mes malheurs présents,
Ils ne parviendraient pas à vaincre ma colère ;
Jamais sous les affronts de ce couple odieux
L'enfant d'Agamemnon ne baissera les yeux.
Garde donc ton bonheur, moi, mon indépendance ;
Quand je manque de tout, nage dans l'abondance ;
D'estime et de respect je couvrirai mon nom ;
Mais toi tu marcheras sur les pas de ta mère,
Et l'on t'appellera, toi qui trahis ton père,
Fille de Clytemnestre, et moi, d'Agamemnon.

LE CHŒUR.

Ta violence, Électre, est injuste et blâmable.
Cet entretien pourtant peut être profitable.

(A Chrysothémis.)

Ma fille, écoute Électre.

(A Électre.)

                    Et toi, Chrysothémis.

CHRYSOTHÉMIS.

A ses emportements je suis accoutumée
Et n'aurais pas parlé, si je n'avais appris
De quel affreux malheur Électre est menacée.

ÉLECTRE.

Un malheur? Quel est-il? allons, dis-le tout haut,
Si tu connais un mal qui surpasse mes maux.
Je sais qu'il n'en est point et t'écoute sans crainte.

CHRYSOTHÉMIS.

Voici ce qu'ils feront : pour étouffer ta plainte,
Ils doivent t'envoyer dans un triste séjour
Où tu ne verras plus la lumière du jour.
Dans un sombre cachot, bien loin de cette terre,
Sans espoir tu vivras pour pleurer ta misère.
Ton sort est dans tes mains, sois prudente, crois-moi,
Ou bien de tes malheurs n'accuse plus que toi.

ÉLECTRE.

Voilà ce qu'ils feront?

CHRYSOTHÉMIS.

Oui, dès qu'en sa demeure
Égisthe reviendra.

ÉLECTRE.

Qu'il vienne donc sur l'heure!

CHRYSOTHÉMIS.

Que dis-tu, malheureuse?

ÉLECTRE.

Ah! qu'il vienne à l'instant!

CHRYSOTHÉMIS.

Pour augmenter tes maux? Dieux! Quel égarement!
Tu veux...

ÉLECTRE.

Je veux vous fuir.

CHRYSOTHÉMIS.

Pense donc à la vie.

ÉLECTRE.

Oui, ma vie est si belle et si digne d'envie!

CHRYSOTHÉMIS.

Tu pourrais vivre heureuse, écoute la raison.

ÉLECTRE.

Tu veux donc m'enseigner l'oubli, la trahison,
L'ingratitude?

CHRYSOTHÉMIS.

Non, mais je voudrais t'apprendre
A céder à la force.

ÉLECTRE.

Il faudrait, à t'entendre,
Devant eux, comme toi, m'abaisser, me courber.

CHRYSOTHÉMIS.

Par son aveuglement vaut-il mieux succomber?

ÉLECTRE.

Succombons, s'il le faut; mais vengeons notre père.

CHRYSOTHÉMIS.

Mon père, j'en suis sûre, en voyant ma misère,
Excuse ma prudence et ma timidité.

ÉLECTRE.

Admirable prudence, ou plutôt lâcheté!

CHRYSOTHÉMIS.

Ne voudras-tu jamais écouter la sagesse?

ÉLECTRE.

Ne pourras-tu jamais surmonter ta faiblesse?

CHRYSOTHÉMIS.

C'est pour toi que je tremble et que mon amitié...

ÉLECTRE.

Pour moi ne tremble pas et garde ta pitié.

CHRYSOTHÉMIS.

Adieu donc.

ÉLECTRE.

Où vas-tu? Pour qui sont ces guirlandes?

CHRYSOTHÉMIS, hésitant.

Ma mère m'ordonna de porter ces offrandes...

ÉLECTRE, vivement.

A qui donc?

CHRYSOTHÉMIS.

A mon père!

ÉLECTRE.

Elle! A l'infortuné

Qu'elle a trahi!...

CHRYSOTHÉMIS.

Qui fut par elle assassiné.

ÉLECTRE.

Lequel de ses amis conçut cette pensée?

CHRYSOTHÉMIS.

Cette nuit, par un songe elle fut menacée.

ÉLECTRE.

Dieux vengeurs, venez-vous secourir la vertu?

CHRYSOTHÉMIS.

Quel espoir conçois-tu de son trouble?

ÉLECTRE.

                                        Sais-tu
Quel est ce songe?

CHRYSOTHÉMIS.

                    Non, j'en puis parler à peine.

ÉLECTRE.

Parle pourtant; souvent une parole vaine
A suffi pour abattre un homme, — ou le sauver.

LE CHŒUR.

Justes Dieux! Du malheur daignez nous préserver!

(Musique jusqu'à   : « Voilà ce qu'à Phoibos ».)

CHRYSOTHÉMIS.

Elle a vu, m'a-t-on dit, tel qu'il était naguère,
Notre père commun paraître à la lumière;
Il s'avança terrible et sur notre foyer
Planta le sceptre d'or qu'il a porté lui-même
Et qu'Égisthe ravit avec le diadème.
De ce sceptre elle vit jaillir et verdoyer
Un vigoureux rameau dont l'ombre tutélaire
Se répandant au loin, couvrait Mycène entière.
Voilà ce qu'à Phoibos ma mère a raconté;
Une esclave l'a vue et me l'a rapporté,
Je ne sais rien de plus; par ce tardif hommage
Elle espère écarter un funeste présage.

Au nom des Dieux d'Argos, je t'en prie instamment,
Ne va point succomber par ton aveuglement;
Écoute mes conseils, car, si tu les rejettes,
Je crains pour toi, ma sœur, qu'un jour tu les regrettes.

ÉLECTRE.

Ma chère, garde-toi de porter au tombeau
Les présents que tu tiens : ce n'est ni bien ni beau.
Quoi donc! On pourrait voir l'auteur d'un pareil crime
Par les mains de sa fille offrir à sa victime
Des couronnes de fleurs et des libations?
Non, que rien n'en parvienne au lit de notre père!
Jette au vent ces présents, enfouis-les sous la terre;
Pour elle garde-les, comme expiations,
Quand elle aura vécu. Par quel comble d'audace,
Espérant détourner le sort qui la menace,
Ose-t-elle envoyer quelque offrande à l'époux,
Qui, trompé par sa ruse, est tombé sous ses coups!
Crois-tu qu'avec plaisir accueillant ces hommages,
Il puisse dans sa tombe oublier les outrages
Que subit son cadavre, en ennemi traité
Et par les meurtriers sans pudeur insulté?
On mutila son corps, et sur sa chevelure
On essuya le fer pour laver la souillure.
Et tu consentirais à seconder leurs vœux,
En portant de leur part un don expiatoire
Pour effacer leur crime, espérance illusoire!
  Écoute-moi plutôt : coupe tes beaux cheveux

4

Et les joignant aux miens, que ta main les dépose
Sur le tombeau. Sans doute, hélas! c'est peu de chose,
Mais que puis-je donner? Je ne possède rien.
Si simple qu'elle soit, prends aussi ma ceinture,
Pour qui vit dans le deuil inutile parure.
Puis, tombant à genoux, implore son soutien ;
Comme un Dieu favorable, exauçant ta prière,
Pour sauver ses enfants qu'il se lève de terre!
Qu'Oreste vienne aussi de son lointain exil
Et que son bras puissant triomphe du péril!
Alors versant à flots le sang noir des génisses,
Tes enfants te feront de pompeux sacrifices,
Mon père, et t'offriront de leurs prodigues mains
Les plus riches présents qui soient chez les humains.
    Crois-moi, ma sœur, crois-moi, la volonté céleste
N'envoya pas en vain la vision funeste
Qui trouble Clytemnestre et la glace d'effroi ;
Unissons nos efforts, aide-moi, venge-moi,
Enfin venge celui qui gémit sous la terre,
Celui que j'aimais tant et qui fut notre père.

LE CHOEUR, à Électre.

Prudent est ton langage et pieux est ton cœur.
   (A Chrysothémis.)
Si tu m'en crois, ma fille, obéis à ta sœur.

CHRYSOTHÉMIS.

Oui, je t'obéirai, car ce serait folie,
Au lieu de nous liguer contre notre ennemie,

De garder entre nous quelque animosité.

(Au chœur.)

Vous, je vous en conjure, observez le silence :
Si ma mère apprenait ma désobéissance,
Je frémis en pensant à quelle extrémité
Elle oserait sur moi porter sa cruauté.

(Elle sort.)

SCÈNE V

ÉLECTRE, LE CHŒUR.

(Musique.)

STROPHE

Iᵉʳ CORYPHÉE.

Si mes prédictions ne sont pas vaines,
Si la raison ne m'abandonne pas,
        Présageant la fin de tes peines
        La vengeance arrive à grands pas.
En écoutant ce songe favorable,
J'ai senti dans mon cœur l'espoir se réveiller :
        La Justice a pu sommeiller,
Mais enfin elle approche et son glaive équitable
Bientôt, ô mon enfant, va frapper le coupable.

ANTISTROPHE

IIᵉ CORYPHÉE.

Tu viens aussi, lente mais implacable,
Sombre Erinnys, aux cent pieds, aux cent bras.
        Tu viens, Déesse infatigable,
        Sous la ruse cachant tes pas.

Tu vas punir le crime et l'adultère
De ceux à qui Thémis défendait de s'unir.

L'homme en vain cherche l'avenir
Dans les songes divins, si celui de ta mère
Ne nous présage pas un destin plus prospère.

ÉPODE.

Iᵉʳ ET IIᵉ CORYPHÉES.

C'est toi qui nous valus ces maux,
O course de Pélops, en malheurs si fertile !
Depuis que dans les eaux
Roula l'infortuné Myrtile
Précipité de son char d'or,
Depuis qu'il a trouvé la mort,
L'inexorable Destinée
Sur Mycène et sur nous toujours s'est acharnée.

ACTE II

Musique de scène.

Clytemnestre sort du palais, accompagnée des suivantes qui portent des présents funéraires (fleurs, parfums, etc.). Elle s'arrête en voyant Électre assise sur les marches du palais.

SCÈNE PREMIÈRE

CLYTEMNESTRE, ÉLECTRE, LE CHŒUR

CLYTEMNESTRE.

Te voilà donc lâchée! Autour de la maison
Tu viens encor rôder? pour me braver peut-être;
Car Egisthe est absent, lui qui seul a raison
De tes emportements et te commande en maître.
Au fond de ce palais il te garde en prison
Et sait bien t'empêcher de franchir cette porte.
Tu le redoutes, lui, mais ta mère, qu'importe?
Tu l'outrages sans cesse et tu vas répétant
Que je suis criminelle, insolente, adultère.
Devant de tels affronts faudrait-il donc me taire
Et courber le front? Non, je veux en t'insultant

Répondre à ton insulte. — Et pourquoi ta colère?
« Mon père est mort, dis-tu; je veux venger mon père. »
Il est mort, je le sais; c'est moi qui l'ai frappé.
C'était juste; il avait impudemment trompé
Mon amour maternel : bourreau de sa famille,
Ton père avait osé sacrifier ma fille,
Et si tu n'étais folle, au lieu de m'outrager,
C'est sur lui qu'il fallait déchaîner ta furie.
Devais-tu pas m'aider à punir et venger
Le meurtre de ta sœur, la douce Iphigénie,
La vierge au regard pur, dont il versa le sang,
L'enfant qui la première a déchiré mon flanc?
  Eh bien! sans t'emporter réponds-moi, je te prie.
Pourquoi l'immola-t-il?—Pour plaire aux Grecs?—Comment?
Les Grecs avaient-ils droit d'attenter à sa vie? —
Pour arracher Hélène aux bras de son amant? —
Si pour plaire à son frère il a tué ma fille,
Ne méritait-il pas un cruel châtiment?
Pourquoi de Ménélas épargner la famille ?
Puisqu'on s'était armé pour venger Ménélas,
Que n'offrait-il sa fille ou son fils à Calchas?
Hadès préférait-il, pour assouvir sa haine,
Le sang de Clytemnestre au sang de leur Hélène?
Non — mais dans sa folie et dans sa cruauté,
C'est lui qui préférait, ton misérable père,
A ses propres enfants les enfants de son frère.
Il fut frappé lui-même; il l'avait mérité.

  (Mouvement de colère d'Électre.)

Tu ne peux sans colère écouter mon langage;
Il te blesse, il t'irrite et pourtant il est sage,
Et celle qui tomba sous le fer de Calchas
Dirait que j'ai bien fait de venger son trépas;
Tu peux me prodiguer et l'insulte et l'outrage,
Moi, de ce que j'ai fait je ne me repens pas.

ÉLECTRE.

Diras-tu que je t'ai la première offensée
Et que mon insolence attire ta rigueur?
Veux-tu que librement j'explique ma pensée?
Je saurai bien défendre et mon père et ma sœur.

CLYTEMNESTRE.

Si tu savais toujours garder tant de mesure,
Jamais tu n'entendrais de menace ou d'injure.

ÉLECTRE.

Alors écoute-moi : par toi mon père est mort;
Fière de ton forfait, tu reconnais ton crime;
Devant moi tu viens même insulter ta victime;
Tu m'oses soutenir qu'il mérita son sort :
« C'était juste, dis-tu; bourreau de sa famille,
« N'avait-il pas osé sacrifier ma fille?
« Je devais la venger. » — Impudence sans nom!
Mensonge! Tu voulais venger ta fille? — Non;
Mais tu t'abandonnais toute à ton adultère
Et voulais sans danger vivre avec ton amant.
Voilà la vérité; diras-tu le contraire?
Eh bien! veux-tu savoir par quel ressentiment

Artémis retenait nos vaisseaux dans Aulide?
Mon père un jour chassait un cerf au pied rapide;
Poursuivi par les chiens, l'animal aux abois
Court se réfugier, éperdu, dans un bois
Consacré dès longtemps à la chaste Diane.
Mon père le poursuit et de son sang profane
L'asile inviolable aux mortels défendu;
Puis voyant à ses pieds l'animal étendu,
En termes imprudents laisse éclater sa joie.
La Déesse s'irrite et son courroux cruel,
Retenant nos soldats loin des rives de Troie,
Exige qu'un sang pur coule sur son autel;
Il doit sacrifier sa fille Iphigénie!
Longtemps il combattit, il supplia longtemps;
Mais enchaînant toujours les favorables vents,
Loin des bords d'Ilion et loin de leur patrie
La fille de Latone arrêtait nos vaisseaux,
Tristement balancés sur le calme des eaux.
Rien ne pouvait fléchir l'inflexible Déesse.
Il fallut se soumettre et malgré sa tendresse,
En pleurant il livra son enfant à Calchas,
Pour obéir aux Dieux, et non pour Ménélas.
    Et d'ailleurs l'eût-il fait pour secourir son frère,
Devait-il en retour être frappé par toi?
De quel droit? Ah! prends garde! Établir cette loi
Serait te condamner toi-même la première
A tomber à ton tour sous le fer d'un vengeur.
Allons, sans invoquer de prétexte menteur,

Explique-moi pourquoi, dans ton ignominie,
Tu vis avec celui qui tua ton époux.
Tu partages sa couche et ton âme avilie,
Nous poursuivant toujours d'un injuste courroux,
Aux généreux enfants nés d'un généreux père,
Préfère des bâtards conçus dans l'adultère.
Et tu veux qu'on t'approuve! Et tu viens soutenir
Que l'amour maternel te poussait à punir
La mort de ton enfant! C'est pour Iphigénie,
Qu'il te plut, n'est-ce pas, d'épouser ton amant?
Sans doute tu diras que ma bouche hardie
Malgré les droits du sang te parle insolemment,
Que, fille sans pudeur, j'ose insulter ma mère.
Ma mère! Ah! Dis plutôt un tyran furieux,
Toi qui lançant sur moi ton complice odieux,
M'accables de malheurs, de honte et de misère.
Tu ne peux oublier que j'ai de ta fureur
Sauvé le malheureux, qui loin de sa patrie
Consume sans honneur sa misérable vie.
Oreste, mon espoir, Oreste, mon sauveur,
Sans emprunter ton bras, ô seul être que j'aime,
Si je pouvais agir, j'aurais agi moi-même.
    (A Clytemnestre.)
Et toi, va publier et mon égarement
Et mon horreur pour toi; plains-toi de mon audace;
J'imite ta fureur et ton emportement;
Tu n'auras pas, ma mère, à rougir de ta race.

LE CHOEUR.

Dieux! Comme la colère égare sa raison!
Mais nul ne réfléchit si sa plainte est fondée.

CLYTEMNESTRE, au chœur.

Avez-vous entendu comme elle m'a traitée?
Quel insolent langage et quelle passion!
Une fille insulter sa mère! Quelle audace!
(Avec effroi.)
Sa main ne craindrait pas d'accomplir sa menace.

ÉLECTRE.

Moi-même je rougis de mon emportement,
N'en sois pas étonnée; un insolent langage
Convient peu, je le sais, à mon rang, à mon âge.
Mais n'accuse que toi; c'est ton acharnement
Qui m'arrache ces cris de haine et de colère;
En commettant le mal, tu m'apprends à le faire.

CLYTEMNESTRE, menaçante.

Non, je n'aurais pas dù si longtemps t'écouter;
Ma patience encor t'excite à m'insulter,
Mais, qu'Égisthe revienne, ô monstre d'impudence,
Il te fera payer bien cher ton insolence.

ÉLECTRE, ironique.

Puisque tu m'as permis de parler librement,
Pourquoi ne saurais-tu m'écouter sans colère?

CLYTEMNESTRE, avec hauteur.

Allons, tais-toi; je veux dans le recueillement
Offrir un sacrifice au Dieu de la lumière.

ÉLECTRE, ironique.

Offre ton sacrifice, offre-le, j'y consens ;
Le Dieu sera touché de tes vœux innocents.

CLYTEMNESTRE, s'adressant aux femmes de sa suite.

Apportez ces parfums, ces fruits et ces offrandes,
Et sur l'autel du Dieu disposez ces guirlandes,
Afin que sa bonté dissipe ma frayeur.

(Musique.)

[S'agenouillant devant l'autel.]

Écoute-moi, Phoibos, ô Dieu libérateur !
Écoute et comprends bien ma secrète prière :
Je n'ose dévoiler ma crainte à la lumière,
Car l'ennemi me guette, ennemi déchaîné,
Qui près de moi se tient, à me perdre acharné,
Et qu'on verrait bientôt, pour assouvir sa haine,
Soulever contre moi le peuple de Mycène,
En répandant partout les plus fausses rumeurs.
Un songe, cette nuit, éveilla mes terreurs ;
Phoibos, tu le connais ; s'il doit m'être propice,
Dieu puissant du Lycos, ah ! fais qu'il s'accomplisse.
S'il annonce un malheur, que la rigueur du sort
Se détourne sur ceux qui conspirent ma mort.
Puissé-je, déjouant tous les complots perfides,
Garder en mon pouvoir le sceptre des Atrides,
Et, fière de mon rang, fière de mes vertus,
Mener dans ce palais une vie honorée,
D'enfants respectueux et d'amis entourée,
Bravant mes ennemis à mes pieds abattus !

Apollon du Lycos, exauce ma prière,
Je t'en prie à genoux, j'embrasse tes autels ;
Étant Dieu, tu connais ce qu'il m'a fallu taire ;
Aucun secret n'échappe aux yeux des Immortels.

(Elle se relève et se dirige vers le palais.)

SCÈNE II

ÉLECTRE, CLYTEMNESTRE, LE CHŒUR,
LE GOUVERNEUR.

LE GOUVERNEUR, s'adressant au chœur.

Pourriez-vous m'indiquer, ô femmes de Mycène,
La demeure d'Égisthe ?

LE CHŒUR.

Elle est devant tes yeux,

Étranger ; la voici.

LE GOUVERNEUR.

N'est-ce point votre reine,

Cette femme à l'air noble, au port majestueux ?

LE CHŒUR.

Tu ne te trompes pas, étranger ; oui, c'est elle.

LE GOUVERNEUR.

Salut, reine. Je viens porteur d'une nouvelle,
Qui te plaira sans doute ainsi qu'à ton époux.

CLYTEMNESTRE.

Tes paroles, vieillard, sont d'un heureux présage,
Mais d'abord, d'où viens-tu ? Qui t'envoya vers nous ?

LE GOUVERNEUR.

J'arrive de Phocide et voici mon message :
« Phanoteus vous annonce un grand événement. »

CLYTEMNESTRE.

Je connais Phanoteus, et sais son dévouement.
Parle donc, étranger. D'un ami si fidèle
Tu ne peux m'apporter de fâcheuse nouvelle.

LE GOUVERNEUR.

Quelques mots suffiront : O reine, Oreste est mort.

ÉLECTRE.

C'en est fait! Malheureuse! Impitoyable sort!

CLYTEMNESTRE, au gouverneur.

Que dis-tu? Que dis-tu? — Ne t'occupe pas d'elle.

LE GOUVERNEUR.

Je dis qu'Oreste est mort.

ÉLECTRE.

O parole cruelle!
Oreste est mort! hélas! mon Oreste n'est plus!

CLYTEMNESTRE, à Électre.

Cesse de nous troubler par tes cris superflus.
(Au gouverneur.)
Mais toi, vieillard, sais-tu comment périt Oreste?

LE GOUVERNEUR.

Oui, car je fus témoin de son destin funeste,
Et c'est pour l'annoncer que je viens en ces lieux.
    Attiré par l'éclat du spectacle pompeux
Que Delphes la superbe offre à la Grèce entière,
Oreste était venu pour prendre part aux jeux;
Il brûlait d'emporter un prix dans la carrière.
Quand la voix du héraut appela les coureurs,
Fièrement il s'avance, et tous les spectateurs

5

Admiraient sa vigueur et sa noble prestance.
On donne le signal; dans le stade il s'élance,
Il vole, il touche au but, il sort victorieux
Et la couronne d'or brille sur ses cheveux.
Que te dirai-je? Il court de victoire en victoire;
Quels que soient les combats par les juges prescrits,
Ton fils, toujours vainqueur, remporte tous les prix.
On applaudit, on crie, on célèbre sa gloire;
Tous se pressent vers lui; tous répètent son nom;
« C'est Oreste d'Argos, le fils d'Agamemnon,
Du roi qui rassembla contre les murs de Troie
Tous les rois de la Grèce. » — Oreste, plein de joie,
Triomphait... mais hélas! quand l'ordre du Destin
Nous poursuit, nul mortel, quel que soit son courage,
Nul ne peut l'éviter. — Quand revint le matin,
Le soleil se leva dans un ciel sans nuage,
Et, flattant de la main ses rapides chevaux,
Oreste se joignit à ses nombreux rivaux.
L'un d'eux était de Sparte, un autre d'Achaïe;
Puis venaient deux Lybiens très expérimentés;
Deux autres arrivés d'Ænée et d'Etolie
Montraient avec orgueil leurs chevaux indomptés;
Ensuite un Magnésien, puis Oreste lui-même,
Et ses fougueux coursiers, qu'il dirige avec art;
Un adroit Athénien s'avançait le neuvième;
Un vigoureux Thébain menait le dernier char.
　　Les arbitres des jeux les rangent dans la plaine
Selon la loi du sort et tandis qu'avec peine

Chacun retient l'ardeur de ses chevaux, soudain
Dans les airs retentit la trompette d'airain.
Tous s'élancent; les chars volent dans la carrière,
Sous l'essieu qui gémit soulevant la poussière;
Penché sur ses chevaux, du geste et de la voix
Le cocher les excite, et les rênes flottantes
Laissent un libre essor à leurs bouches ardentes.
Quel tumulte! Quel bruit! On entend à la fois
Et des hennissements et des cris de menace;
Les chars sont confondus, ils dévorent l'espace,
Les chevaux en sueur, haletants, furieux,
Font résonner le sol; les lanières sifflantes
S'abattent sur leurs dos, sur leurs croupes luisantes,
Et tournoyant dans l'air, cinglent leurs flancs poudreux;
De leurs naseaux en feu, de leur bouche qui fume
S'échappe un souffle ardent, et la bave et l'écume
Tombent sur leur poitrail en lourds flocons neigeux.
    Oreste cependant avait franchi l'arène;
Il veut tourner la borne, et tirant sur la rêne
De gauche, à ses chevaux de droite il rend la main,
D'un coup de fouet strident les enlève, et soudain
L'essieu, sans l'effleurer, vole autour de la pierre.
Tous les chars sont encor debout dans la carrière.
Pour la huitième fois le coureur Ænéen
Sur la piste lançait son fougueux attelage;
Tout à coup ses chevaux, indociles au frein,
S'emportent; c'est en vain qu'il veut dompter leur rage;
Se retournant d'un bond, les coursiers furieux

Frappent de front le char qui courait derrière eux.
Un cri d'effroi s'élève au sein de l'assemblée;
La plaine de Crissa d'épaves est jonchée;
Les timons sont brisés, les cochers renversés
Gisent sous les débris de leurs chars fracassés.
Mais l'habile Athénien de loin voit le carnage,
Se détourne, s'arrête, évite prudemment
Les flots tumultueux de cet affreux naufrage;
Puis, comme un ouragan, passe rapidement.

Derrière lui venait le magnanime Oreste,
Qui pour le dernier tour ménageait ses chevaux;
Quand il a remarqué qu'un seul rival lui reste,
Il leur lâche la bride, et les fiers animaux,
Excités par le fouet qui claque et les menace,
Voyant un char s'enfuir, s'élancent sur sa trace.
Dans leur course emportés, les deux jougs bondissaient,
Tantôt volaient de front, tantôt se dépassaient,
Quand ton malheureux fils laisse échapper ses guides.
Aussitôt les chevaux, lancés à toutes brides,
Ne sentent plus le mors, et tournant brusquement
Autour du dernier but, le heurtent fortement.
Au choc, l'essieu se brise; Oreste roule à terre;
Au char, qui fuit toujours, son pied reste accroché,
Et par de brusques bonds son cadavre écorché
Trace un sillon sanglant à travers la poussière.
Ce spectacle à la foule arrache un cri d'horreur.
On rappelle sa gloire et l'on plaint son malheur.
Enfin les serviteurs arrêtent, non sans peine,

Le quadrige emporté; le sang rougit l'arène,
Son corps est en lambeaux, son cadavre meurtri
Serait méconnaissable aux regards d'un ami;
On lui dresse un bûcher et des mains pitoyables,
Pour les joindre au tombeau de ses nobles aïeux,
Recueillent dans une urne, avec des soins pieux,
De ce robuste corps les cendres misérables.
  Voilà comme il périt, ce héros éclatant
De beauté, de jeunesse. En vous le racontant,
Je sens mon cœur serré d'une angoisse indicible;
Car jamais je ne vis spectacle plus horrible.

LE CHOEUR.

O malheureux Oreste! — Ainsi donc, étranger,
La race de nos rois dans sa fleur est fanée.

CLYTEMNESTRE, avec émotion.

O Zeus, par ce récit tu me vois consternée.
Dois-je me réjouir, ou dois-je m'affliger,
Quand la mort de mon fils vient me sauver la vie?

LE GOUVERNEUR, surpris.

Est-ce toi que j'entends sur Oreste gémir?

CLYTEMNESTRE.

De l'amour maternel ô puissance infinie!
Mon fils me haïssait, je ne puis le haïr.

LE GOUVERNEUR.

C'est en vain, je le vois, que j'ai fait ce voyage.

CLYTEMNESTRE.

Non, ce n'est pas en vain; grâce à ton témoignage,

Ma frayeur disparaît, puisqu'Oreste a péri,
Lui qui vivant au fond d'une terre étrangère,
Loin du sein maternel, du sein qui l'a nourri,
Absent, me reprochait le meurtre de son père.
Sans cesse redoutant son menaçant retour,
Je le craignais la nuit, je le craignais le jour ;
Je le voyais, la main contre sa mère armée,
La menacer de mort, et mon âme alarmée
N'osait goûter en paix la douceur du sommeil.
Ce matin même un songe a hâté mon réveil.
Mais maintenant, vieillard, je n'irai plus me plaindre ;
Du frère

(Montrant Électre.)

et de la sœur je n'ai plus rien à craindre,
Et bravant la fureur de ce monstre impuissant,
Qui sous mon propre toit, de sa bouche altérée
Tous les jours s'abreuvait du plus pur de mon sang,
Je vivrai sans péril et de tous honorée.

ÉLECTRE.

O mon malheureux frère ! Hélas ! Te fallait-il,
Après avoir souffert les tourments de l'exil,
Recevoir de ta mère un si cruel outrage ?
Vivant, on te haït, et l'on t'insulte, mort !

CLYTEMNESTRE.

Il est bien comme il est ; pourquoi plaindre son sort ?

ÉLECTRE.

Entends-tu, Némésis, entends-tu ce langage ?

CLYTEMNESTRE.

Némésis entendit et seconda mes vœux.

ÉLECTRE.

Tu peux nous insulter, car ton cœur est joyeux.

CLYTEMNESTRE.

Et ton frère ni toi ne troublerez ma joie.

ÉLECTRE.

Nous sommes l'un et l'autre à la misère en proie.

CLYTEMNESTRE.

De ces cris incessants qui me délivrera?

LE GOUVERNEUR.

Je me retire, adieu; j'ai rempli mon message.

CLYTEMNESTRE, au gouverneur.

Non, non, attends un peu. Quand Égisthe viendra,
Tu n'auras pas en vain fait un si long voyage.
Suis-moi donc au palais.

(à Électre.)

Toi, reste ici; gémis
Sur tes propres malheurs et ceux de tes amis.

(Clytemnestre et le gouverneur entrent au palais.)

SCÈNE III

ÉLECTRE, LE CHŒUR.

ÉLECTRE.

Lorsque son fils est mort, semble-t-elle étonnée?
Ni larmes, ni regrets pour l'enfant qui périt
Si lamentablement! Misérable, qui rit
Et me brave, et m'insulte! Hélas! Infortunée!

Cher Oreste, sans toi que vais-je devenir?

Je t'attendais toujours pour venger notre père,

Pour me venger moi-même, — et tu me fais mourir.

Ta mort me ravit tout; ta mort me désespère!

Que faire maintenant? Je suis seule ici-bas;

Mon père fut frappé d'une hache funeste;

Mon frère me restait et j'apprends son trépas.

Me faudra-t-il encore, à ceux que je déteste,

Assassins de mon père, en esclave obéir?

Moi! Vivre sous leur toit! Jamais. Mieux vaut mourir.

Je passerai mes jours, mes nuits dans la tristesse;

Sans souci de mon rang, étendue à ce seuil,

On m'entendra gémir sous mes haillons de deuil.

(Se tournant vers le palais.)

Ma mère, si mes cris, si ma plainte te blesse,

Frappe-moi hardiment; la vie est un fardeau;

Électre avec bonheur descendrait au tombeau.

(Elle se laisse tomber sur les marches du palais.)

(Musique jusqu'à la fin de la scène.)

STROPHE I

LE CHŒUR.

O redoutable Zeus, qu'as-tu fait de ta foudre?

Phoibos, où sont tes traits brûlants?

Laisserez-vous en paix vivre ces insolents?

Ne réduirez-vous pas cette demeure en poudre?

ÉLECTRE, étendue sur les marches du palais.

Hélas! Hélas!

LE CHŒUR.

Enfant, pourquoi ces pleurs?

ÉLECTRE.

Hélas! Hélas!

LE CHŒUR.

Calme-toi, je t'en supplie.

ÉLECTRE.

Ah! n'irritez pas mes douleurs.

LE CHŒUR.

Que dis-tu?

ÉLECTRE.

Vouloir sécher mes pleurs, folie!

LE CHŒUR.

Hélas, tes pleurs sont superflus,

Prends patience.

ÉLECTRE.

Oreste, Agamemnon chez Hadès descendus,

O cruelle souffrance!

Tous ceux que j'aimais ne sont plus,

Et tu me parles d'espérance.

ANTISTROPHE I

LE CHŒUR.

Dans les filets dorés d'Eriphile enchaîné,

Amphiareus, comme ton père,

Par sa femme trahi, périt assassiné.

Maintenant que son corps repose sous la terre...

ÉLECTRE.

Hélas! Hélas!

LE CHOEUR.

Dans le sombre séjour...

ÉLECTRE

Hélas! Hélas!

LE CHOEUR.

Il règne plein de vie.

ÉLECTRE.

Sa femme périt à son tour.

LE CHOEUR.

La perfide...

ÉLECTRE.

Enfin par son fils fut punie.

LE CHOEUR.

Enfant reviens à la raison,

Cesse ta plainte.

ÉLECTRE.

Amphiareus laissait un vengeur, Alcméon.

Par le malheur atteinte,

Du magnanime Agamemnon

La race est à jamais éteinte.

STROPHE II

LE CHOEUR.

Je comprends, mon enfant, et j'excuse tes pleurs.

ÉLECTRE.

Souffrance sur souffrance

Et malheurs sur malheurs!

Le Destin a détruit ma suprême espérance,

Je succombe, je meurs.

LE CHŒUR.

Ecoute mes paroles.

ÉLECTRE.

C'est en vain que tu me consoles.

LE CHŒUR.

Je sais sur qui tu gémis.

ÉLECTRE.

Laisse-moi donc pleurer.

LE CHŒUR.

Ecoute, tes amis...

ÉLECTRE.

D'amis, je n'en ai plus depuis qu'un sort contraire
M'a ravi le secours de mon généreux frère.

ANTISTROPHE II

LE CHŒUR.

Aucun mortel n'échappe à la Fatalité.

ÉLECTRE.

Tomber dans la carrière
Sous un char emporté;
Meurtri par ses chevaux, roulé dans la poussière,
Mourir ensanglanté!

LE CHŒUR.

Les lois des destinées
A tous les humains sont cachées.

ÉLECTRE.

Loin du foyer paternel...

LE CHŒUR.

Loin de tous ses amis...

ÉLECTRE.

Ah! souvenir cruel!

Loin des yeux de sa sœur le malheureux succombe
Et je n'ai pu gémir ni pleurer sur sa tombe!

SCÈNE IV

ÉLECTRE, CHRYSOTHÉMIS, LE CHŒUR.

CHRYSOTHÉMIS, entrant vivement.

Réjouis-toi, ma sœur, tes malheurs vont cesser;
J'ai couru jusqu'ici, bravant les bienséances,
Et viens, ma chère Électre, en hâte t'annoncer
Un bonheur qui va mettre un terme à tes souffrances.

ÉLECTRE.

Mettre un terme à ma peine, à mes gémissements,
Non! mon deuil ne veut pas de vains soulagements.

CHRYSOTHÉMIS.

Oreste est de retour; ah! crois-en ma parole.

ÉLECTRE.

Te ris-tu de nos maux? Malheureuse, es-tu folle?

CHRYSOTHÉMIS.

Non; bien loin d'insulter à ton chagrin cruel,
J'ose prendre à témoin le foyer paternel.
J'ai vu, j'ai vu, te dis-je, et j'en ai l'assurance,
Oreste est de retour.

ÉLECTRE.

O folle confiance!

Quel mortel t'a donc dit qu'Oreste est en ces lieux ?

CHRYSOTHÉMIS.

Nul mortel ne l'a dit, je n'en crois que mes yeux.

ÉLECTRE.

Quel indice as-tu vu, certain, irrécusable,
Pour enflammer ton cœur d'une ardeur incurable ?

CHRYSOTHÉMIS.

Au nom des Dieux écoute, et peut-être à ton tour
Avec moi diras-tu qu'Oreste est de retour.

ÉLECTRE.

Parle donc; aussi bien, tu ne peux plus te taire.

CHRYSOTHÉMIS.

Je venais d'arriver au tombeau de mon père,
Lorsque je m'aperçus qu'un blanc ruisseau de lait,
Fraîchement répandu, sur le tertre coulait.
De guirlandes de fleurs la tombe était ornée.
En voyant ces présents, je m'arrête étonnée;
Je regarde partout et cherche en vain des yeux
Quel mortel à mon père offre ces dons pieux.
Personne; autour de moi tout est silencieux.
Du tombeau je m'approche et ma surprise augmente
Quand je vois suspendue une boucle ondoyante
De cheveux, que le fer récemment a coupés.
D'espérance aussitôt tous mes sens sont frappés.
Un nom, un nom chéri jaillit à ma pensée;
Cette boucle, au tombeau qui donc l'a déposée
Si ce n'est pas Oreste ? Un tremblement soudain
S'empare de mon être, et tandis que ma main

Touchait avec respect cette offrande si chère,
Vers les Dieux s'élevaient mes yeux et ma prière,
Et je laissais couler des larmes de bonheur.
M'accuses-tu toujours de folie et d'erreur ?
Ces dons, qui les offrit si ce n'est notre frère ?
Ce n'est ni moi, ni toi ; toi qu'un ordre sévère
Emprisonne au palais, toi qui n'en peux sortir
Même pour consulter les Dieux ou les bénir.
Serait-ce notre mère ? Oh ! non ! L'auteur du crime
N'oserait affronter l'ombre de sa victime,
Ni porter sur sa tombe un hommage pieux.
Crois-moi, ma chère Électre, Oreste est en ces lieux ;
Ces offrandes, ces fleurs en sont le témoignage.
Les Destins sont changeants ; ma sœur, reprends courage ;
Nous avons jusqu'ici souffert l'adversité ;
Ce jour nous rend enfin bonheur et liberté.

ÉLECTRE.

Que je plains la folie où ton âme est en proie !

CHRYSOTHÉMIS.

Quoi ! Tu peux m'écouter sans partager ma joie ?

ÉLECTRE.

Ne sens-tu pas l'excès de ton égarement ?

CHRYSOTHÉMIS.

Je ne puis me tromper ; car j'ai vu clairement...

ÉLECTRE.

Malheureuse ! Il est mort ; n'attends plus rien d'Oreste.

CHRYSOTHÉMIS.

Que dis-tu ?

ÉLECTRE.

Nul secours, nul espoir ne nous reste.

CHRYSOTHÉMIS.

Qui t'apprit ce malheur ?

ÉLECTRE.

Un vieillard étranger

Fut témoin de sa mort.

CHRYSOTHÉMIS.

Je veux l'interroger.

ÉLECTRE.

Hélas !

CHRYSOTHÉMIS.

Où donc est-il ?

ÉLECTRE.

Il entretient ma mère

D'un sujet effrayant et bien fait pour lui plaire.

CHRYSOTHÉMIS.

Mais ce lait répandu, ces boucles de cheveux,

Ces fleurs et ces parfums que j'ai vus de mes yeux,

Qui donc les apporta ?

ÉLECTRE.

Pour mon malheureux frère

Ces fleurs étaient sans doute un présent funéraire

Que la main d'un ami posa sur le tombeau.

CHRYSOTHÉMIS.

Joyeuse, j'accourais, croyant t'être agréable ;

J'arrive pour apprendre un malheur effroyable ;

A notre deuil ancien s'ajoute un deuil nouveau.

ÉLECTRE.

Tu peux nous délivrer du poids de la misère.

CHRYSOTHÉMIS.

Je ne puis ramener les morts à la lumière.

ÉLECTRE.

Tu ne me comprends pas.

CHRYSOTHÉMIS.

Quel est donc ton désir ?

Que faut-il faire ?

ÉLECTRE.

En tout il faudrait m'obéir.

CHRYSOTHÉMIS.

Si ton projet est sage, à t'aider je suis prête.

ÉLECTRE.

Pour réussir, s'il faut exposer notre tête,
Te verrai-je toujours prête à me seconder ?

CHRYSOTHÉMIS.

Autant que je pourrai, je promets de t'aider.

ÉLECTRE.

Écoute alors ce que j'ai résolu de faire :
Tu connais nos malheurs ; chez Hadès descendus,
Tous ceux que nous aimions sont à jamais perdus ;
Nous restons sans secours et seules sur la terre.
Pour moi, tant que j'ai vu mon frère florissant,
Je comptais sur son bras pour venger notre père.
Maintenant qu'il n'est plus, c'est en toi que j'espère.
Il te faut, sans faiblesse à ta sœur t'unissant,
Il faut frapper Égisthe ; auras-tu ce courage ?
Qui te fait hésiter ? Qu'attends-tu davantage ?

Quel espoir te soutient? Sans rien dissimuler,
Songe à tous les affronts qui vont nous accabler;
Pense à quel avenir ta vie est condamnée :
Devant des assassins tu ploieras les genoux ;
Triste, tu vieilliras, de tous abandonnée,
Dans les larmes, le deuil, sans enfants, sans époux.
Ne va pas, t'abusant d'une vaine espérance,
Sottement te flatter qu'Égisthe ait l'imprudence
De te laisser jamais élever contre lui
Des fils, en qui ta main trouverait un appui.
Ose donc le frapper; que ta mâle assurance
Pour ceux qui ne sont plus prouve ta piété;
Tu reprendras tes biens, ton rang, ta liberté,
Tu pourras espérer quelque noble alliance.
Citoyens, étrangers, béniront notre nom,
Diront, voyant en nous le sang d'Agamemnon :
« Regardez ces deux sœurs, leur gloire est éternelle;
Elles ont délivré la maison paternelle;
Électre, honneur à toi, gloire à Chrysothémis;
Vous avez attaqué de puissants ennemis;
Aucune ne souffrant d'être au joug asservie,
Vous avez pour les vaincre exposé votre vie.
Dans nos fêtes, amis, honorons leur vertu. »
Voilà ce qu'on dira de nous deux, entends-tu ?
Nous vivrons, ou s'il faut, nous mourrons avec gloire.
Ma sœur, écoute-moi; venge enfin la mémoire
D'un père assassiné, d'un frère malheureux;
Venge ta sœur Électre, et venge-toi toi-même;

Car vivre dans la honte, oubliant ceux qu'on aime,
Serait insupportable à tout cœur généreux.

LE CHŒUR.

Chrysothémis, Électre, en semblable occurrence
Vous devez écouter la voix de la prudence.

CHRYSOTHÉMIS, au chœur.

Si son esprit n'était par le deuil égaré,
Avec plus de sagesse elle eût délibéré.

(à Électre.)

Tu demandes mon aide et tu t'armes d'audace ;
Mais réfléchis, ma sœur ; que veux-tu que je fasse ?
Tous les jours le bonheur d'Égisthe va croissant,
Le nôtre diminue. Égisthe est tout-puissant ;
Pouvons-nous l'attaquer en l'état où nous sommes ?
Ton faible bras peut-il s'armer contre des hommes ?
Prends garde d'augmenter encore tes tourments.
Si quelqu'un t'entendait, pense quels châtiments
Tu recevrais d'Égisthe. Une gloire éternelle
Doit nous récompenser d'une audace si belle ?
Mais, si nous échouons ?... Malgré notre grand cœur
Nous subirons l'outrage et la loi du vainqueur.
Si j'hésite et frémis (que veux-tu ? je suis femme),
Ce n'est pas que la mort épouvante mon âme,
Quand on est malheureux, ce n'est rien que mourir.
Mais désirer la mort sans pouvoir l'obtenir,
Voilà ce qui m'effraye. Ah ! cède à ma prière ;
Ne va pas ruiner notre famille entière ;
Docile à la raison, modère tes transports ;

Sur tes hardis projets je garde le silence;
Mais sache en ta faiblesse obéir aux plus forts.

LE CHOEUR, à Électre.

Écoute ces conseils que dicte la prudence.

ÉLECTRE, à Chrysothémis.

Sachant ta lâcheté, je devais bien prévoir
Ta honteuse réponse ! Ainsi donc, tu refuses ?
C'est bien ! — Sans écouter tes frivoles excuses,
J'agirai sans ton aide et ferai mon devoir.

CHRYSOTHÉMIS.

Hélas ! Que n'avais-tu déjà ce cœur farouche
Le jour qu'Agamemnon fut frappé dans sa couche;
Ton bras eût achevé ceux qui restaient vivants.

ÉLECTRE.

Mon bras était moins fort, mon cœur était le même.

CHRYSOTHÉMIS, ironique.

Garde toujours, ma sœur, ces nobles sentiments.

ÉLECTRE.

Il est noble en effet de venger ceux qu'on aime.

CHRYSOTHÉMIS.

Sans fruit veux-tu périr par ta témérité ?

ÉLECTRE.

Sans gloire veux-tu vivre avec ta lâcheté ?

CHRYSOTHÉMIS.

Peut-être quelque jour loueras-tu ma sagesse.

ÉLECTRE.

Peut-être auras-tu honte un jour de ta faiblesse.

CHRYSOTHÉMIS.

Le temps nous apprendra qui de nous a raison.

ÉLECTRE.

Le temps ne m'apprendra jamais la trahison.

CHRYSOTHÉMIS.

Au lieu de m'insulter, crois-moi, mieux vaut te taire.

ÉLECTRE.

Au lieu de m'écouter, va tout dire à ta mère.

CHRYSOTHÉMIS, blessée.

Pourquoi me supposer tant d'animosité?

ÉLECTRE.

Pourquoi me conseiller autant de lâcheté?

CHRYSOTHÉMIS.

Est-ce une lâcheté qu'écouter la prudence?

ÉLECTRE.

Faut-il pour t'obéir oublier ma vengeance?

CHRYSOTHÉMIS.

Quand un conseil est sage, on devrait l'écouter.

ÉLECTRE.

Quand un projet est juste, on doit l'exécuter.

CHRYSOTHÉMIS.

Le projet le plus juste est quelquefois blâmable.

ÉLECTRE.

L'excès de la prudence est honteux et coupable.

CHRYSOTHÉMIS.

Tu te loueras un jour de suivre mes avis.

ÉLECTRE.

Je rougirais plutôt de les avoir suivis.

CHRYSOTHÉMIS.

Sans craindre les dangers suspendus sur ta tête...

ÉLECTRE.

Pour venger mes parents, à mourir je suis prête.

CHRYSOTHÉMIS.

Hélas! Est-il donc vrai? Rien ne peut t'émouvoir?

ÉLECTRE.

Je te l'ai déjà dit, je ferai mon devoir!

CHRYSOTHÉMIS.

Adieu donc; je ne puis approuver ton langage.

ÉLECTRE.

Va-t-en, puisque tu crains d'imiter mon courage.
En toi je cherche en vain un sentiment d'honneur,
Va-t-en; je te méprise et je hais ta faiblesse.

CHRYSOTHÉMIS.

Garde tes sentiments; mais quand dans le malheur
Tu traîneras tes jours, tu loueras ma sagesse.

(Elle sort.)

SCÈNE V

ÉLECTRE, LE CHŒUR.
(Musique.)

STROPHE I

LE CHŒUR : Ier CORYPHÉE.

Nous voyons dans l'air des oiseaux pieux
Par leurs soins empressés et par leurs cris joyeux
A ceux dont ils tirent naissance
Témoigner leur amour et leur reconnaissance,

Heureux de nourrir à leur tour
Ceux qui leur ont donné la pâture et le jour.
Cependant des mortels l'ingratitude
Sème autour des tombeaux l'oubli, la solitude.
Mais la foudre de Zeus frappe les fils ingrats
Et la main de Thémis s'arme pour leur trépas.
Va, va sous terre, ô Renommée ;
A ceux qui ne sont plus annonce ces malheurs ;
Va-t-en par de lamentables clameurs
Dans sa tombe éveiller l'ombre du fils d'Atrée.

ANTISTROPHE I

IIᵉ CORYPHÉE.

Dis-lui quel orage abat sa maison,
Comment la lâcheté, comment la trahison,
Séparant deux âmes unies,
De deux sœurs qui s'aimaient a fait deux ennemies.
Électre est seule, hélas ! Son front
Chaque jour rougira sous un nouvel affront.
Ses yeux pleurent toujours la mort d'Atride ;
Tel, quand le rossignol gémit sur son nid vide,
Les douloureux accents de sa plaintive voix
Attristent le silence et le calme des bois.
Fut-il jamais fille aussi fière ?
Pour venger ceux qu'elle aime, et pour faire périr
Deux assassins, contente de mourir,
Électre sans regret renonce à la lumière.

STROPHE II

Iᵉʳ CORYPHÉE, à Électre.

Même accablé par l'excès du malheur,
Jamais, jamais un noble cœur
Ne laissera flétrir sa renommée.
Contre un ennemi triomphant,
Avec audace, ô mon enfant,
Ma chère enfant, tu t'es armée.
Pour faire triompher les droits de l'équité,
A travers les dangers tu marches sans faiblesse,
Et tu veux qu'on admire avec ta piété
Et ton grand cœur et ta sagesse.

ANTISTROPHE II

IIᵉ CORYPHÉE, à Électre.

Que le Destin apaise sa rigueur!
Dans la puissance et le bonheur
Puisses-tu vivre enfin tranquille, aimée!
Puisse ta main, ô mon enfant,
Abattre l'ennemi puissant
Sous qui je te vois opprimée.
Tu gémis maintenant sous un joug odieux;
Lève la tête, Électre, et reprends confiance,
Ton amour filial, ton respect pour les Dieux
Bientôt auront leur récompense.

ACTE III

Musique de scène.

SCÈNE PREMIÈRE

ÉLECTRE, ORESTE (portant une urne), PYLADE.

LE CHŒUR.

(Électre et le Chœur sont agenouillés autour de l'autel.)

ORESTE, entrant et s'adressant au chœur.

Femmes, renseignez-nous. Ai-je bien entendu
Et ne me suis-je point égaré dans ma route?

LE CHŒUR, se relevant.

Si je peux, je suis prête à te tirer de doute.

(A Oreste et Pylade.)   (A Oreste.)

Quel motif vous amène, étrangers? Que veux-tu?

ORESTE.

Je voudrais voir Égisthe et lui parler sur l'heure.

LE CHŒUR.

On ne t'a pas trompé, car voici sa demeure :

7

C'est ici le palais d'Égisthe, notre roi ;
Si tu veux lui parler, sans crainte approche-toi.

ORESTE.

Dans ces lieux on m'attend avec impatience ;
Qui de vous lui pourrait annoncer ma présence ?

LE CHŒUR, à Électre.

De ce soin, mon enfant, ne peux-tu te charger ?

ORESTE, à Électre.

Dis-lui que de Phocide arrive un messager
Qui veut le voir.

ÉLECTRE.

　　　Hélas ! Du malheur qui m'accable
Viens-tu donc m'apporter la preuve irrécusable ?

ORESTE.

De quel mal te plains-tu ? Je ne te comprends pas.
Phanoteus m'a chargé d'annoncer le trépas...

ÉLECTRE, vivement.

De qui ?

ORESTE.

　　　D'Oreste.

ÉLECTRE.

　　　Hélas !

ORESTE.

　　　Et sa cendre légère
Je l'apporte en ces lieux.

ÉLECTRE, au chœur.

　　　Vous voyez ma misère !

ORESTE.

Si ton cœur est touché des maux d'un malheureux,
Voici l'urne d'airain qui renferme sa cendre.

ÉLECTRE.

Quoi! Cette urne contient ses restes généreux?
Étranger, je t'en prie, ah! laisse-moi la prendre.
Je veux, pieusement exhalant mes douleurs,
Sur ses cendres pleurer ma famille et moi-même.

ORESTE.

Qui que tu sois, prends-la, si tu veux par tes pleurs
A celui qui n'est plus rendre un honneur suprême.

ÉLECTRE, tenant l'urne entre ses bras.

Monument du mortel qu'entre tous je chéris,
Cendres de mon Oreste, ainsi donc l'espérance
Que sur toi je fondais en sauvant ton enfance,
Vient de s'évanouir, le jour où tu péris.
Toi qu'en mes mains je tiens, tu n'es plus que poussière.
Pourtant quand mon amour t'exila de ces lieux,
Tu brillais plein de vie. Ah! valait-il pas mieux,
Plutôt qu'aller périr sur la terre étrangère,
Recevoir le trépas au palais des aïeux
Et partager en paix le tombeau de ton père?
En vain je t'arrachai d'un horrible péril;
En vain je t'envoyai loin du sol de Mycène;
Sans parents, sans amis, tu péris en exil
Et ton sang a rougi quelque terre lointaine.
Tu meurs, infortuné, loin des yeux de ta sœur,

Et je n'ai pu goûter sur ta lèvre flétrie
D'un suprême baiser la lugubre douceur.
Ma main n'a point lavé ta figure meurtrie ;
Je n'ai pas déposé sur le feu dévorant,
Ô pénible fardeau, ton cadavre sanglant.
Ton corps reçut ces soins d'une main étrangère ;
Dans un léger cercueil tu viens, cendre légère.
Ah ! puisque sans ta sœur, puisque dans le tombeau
Ton corps devait descendre, éclatant de jeunesse,
Fallait-il nuit et jour veiller sur ton berceau ?
Ta mère, moins que moi, t'entoura de tendresse ;
Quand tu pleurais, enfant, ta sœur te consolait ;
C'était moi dont la main nourrissait ton enfance,
Moi, dont les chants berçaient et calmaient ta souffrance,
Et c'était toujours moi que ta voix appelait.
Maintenant c'en est fait ; avec toi tout s'envole ;
Ainsi qu'un ouragan par qui tout est détruit,
Tu passas ; et tout meurt, et mon bonheur s'enfuit.
Tu ne m'as rien laissé qui m'aime et me console ;
Mon père a disparu, tu t'en vas à ton tour,
Avec toi je succombe ; et celle dont l'amour
Devrait me soutenir, celle qu'on dit ma mère,
Est folle de plaisir et rit de ma misère.
Que de fois cependant un furtif messager
M'annonça que bientôt tu viendrais nous venger !
Mais un mauvais Destin nous poursuit et sa haine
Au lieu d'un frère aimé m'envoie une ombre vaine.

(Explosion de douleur, sanglots, etc.)

Ah! tu m'as fait mourir, mon frère bien-aimé!
Eh bien! Reçois-moi donc dans le royaume sombre;
Que l'ombre de ta sœur descende vers ton ombre,
Et que mon corps repose, en ta tombe enfermé.
Hélas! tant que tes yeux contemplaient la lumière,
Triste ou joyeux, toujours je partageais ton sort;
Puisque tu vas dormir sous un tombeau de pierre,
A toi je veux m'unir et partager ta mort.

LE CHŒUR.

Ton père était mortel, mortel aussi, ton frère;
Tous nous sommes soumis à la Fatalité.

ORESTE.

Hélas! Hélas! Que dire? En cette extrémité
Quel trouble me saisit? Je ne puis plus me taire.

ÉLECTRE.

A ma vue, étranger, tu soupires? Pourquoi?

ORESTE.

La généreuse Électre est-elle devant moi?

ÉLECTRE.

Tu vois Électre, hélas! et son sort misérable.

ORESTE.

O fille infortunée! O destin lamentable!

ÉLECTRE.

Pourquoi donc, étranger, sur mes maux gémis-tu?

ORESTE.

Voilà comme on outrage et flétrit la vertu!

ÉLECTRE.

Étranger, est-ce à moi que ta pitié s'adresse?

ORESTE.

Vivre ainsi sans époux, toujours dans la tristesse !

ÉLECTRE.

Tes yeux, en me voyant, sur moi versent des pleurs?

ORESTE.

J'étais loin de connaître encor tous mes malheurs.

ÉLECTRE.

Quoi donc? T'aurais-je appris quelque peine nouvelle?

ORESTE.

Oui, quand j'ai vu combien ta fortune est cruelle.

ÉLECTRE.

Mes plus horribles maux tu ne peux pas les voir.

ORESTE.

Quels plus horribles maux pourrait-on concevoir?

ÉLECTRE.

Avec des assassins je dois passer ma vie.

ORESTE.

Qui donc ont-ils tué?

ÉLECTRE.

                 Mon père. O lâcheté !

Sous le joug d'assassins je demeure asservie ;

Ils m'ont avec mes biens ravi ma liberté.

ORESTE.

Et qui donc s'est souillé de cet horrible crime?

ÉLECTRE.

On l'appelle ma mère et je suis sa victime.

ORESTE.

Comment t'impose-t-elle ainsi ses volontés?

ÉLECTRE.

Par la force, l'outrage et mille cruautés.

ORESTE.

Tu n'as donc pas d'amis pour t'aider, te défendre?

ÉLECTRE.

Je n'avais qu'un ami, tu m'apportes sa cendre.

ORESTE.

Infortunée! Hélas! Que je plains ton malheur!

ÉLECTRE.

Voilà le seul mortel sensible à ma douleur.

ORESTE.

Je suis le seul aussi qu'atteigne ta misère.

ÉLECTRE.

Es-tu quelque parent? quelque ami de mon frère?

ORESTE, montrant le chœur.

Je voudrais sans témoins m'expliquer librement.

ÉLECTRE.

Tu peux parler sans peur, je sais leur dévoûment.

ORESTE.

Dépose donc cette urne, afin de tout apprendre.

ÉLECTRE.

Non, non, au nom des Dieux, ne va pas me la prendre.

ORESTE.

Pourquoi de ce fardeau sans raison te charger?

ÉLECTRE.

Ce souvenir m'est cher, pourquoi me l'arracher?

ORESTE.

Crois-moi, laisse cette urne.

ÉLECTRE.

Hélas! mon cher Oreste,
On veut me dépouiller du seul bien qui me reste!

ORESTE.

Apaise ton chagrin; sans raison tu gémis.

ÉLECTRE.

Quoi! J'ai tort de pleurer la mort de mes amis?

ORESTE.

Tes pleurs sont déplacés et ta douleur m'indigne.

ÉLECTRE.

De celui qui n'est plus Électre est-elle indigne?

ORESTE.

Sur une urne insensible à quoi bon soupirer?

ÉLECTRE.

De tes restes chéris on veut me séparer.

ORESTE.

Son corps n'est pas caché dans cette urne légère.

ÉLECTRE.

Où donc est le tombeau de mon malheureux frère?

ORESTE.

Le tombeau d'un vivant n'a jamais existé.

ÉLECTRE.

D'un vivant? Que dis-tu?

ORESTE.

Je dis la vérité.

ÉLECTRE.

Oreste n'est par mort?

ORESTE.

Non, puisque je respire.

ÉLECTRE.

Quoi! Tu serais Oreste?

ORESTE.

Oui; faut-il te le dire?

Si tu doutes, ma sœur, tiens, regarde ce sceau.

ÉLECTRE.

Le sceau d'Agamemnon.

ORESTE.

Connais-tu cet anneau?

ÉLECTRE.

Je reconnais l'anneau que portait notre père.

O jour, ô jour heureux!

ORESTE.

Douce, douce lumière!

ÉLECTRE.

Est-ce toi, cher Oreste, est-ce toi que je vois?

ORESTE.

Oui, c'est ton frère Oreste.

ÉLECTRE.

Enfin j'entends ta voix!

Je te tiens dans mes bras.

ORESTE.

Avec toi je vais vivre.

ÉLECTRE, défaillant dans les bras d'Oreste.

Je succombe à la joie et le bonheur m'enivre.

(Au chœur.)

Vous qui m'aimez, voyez, Oreste m'est rendu,
Et j'embrasse l'enfant que je croyais perdu.

LE CHOEUR.

Avec toi j'ai souffert, partageant tes alarmes;
Sous l'excès du bonheur je sens couler mes larmes.

STROPHE

ÉLECTRE.

Du malheureux Agamemnon
Le magnanime rejeton
Revient, dans ce palais apportant la vengeance,
De ceux qui l'attendaient seconder l'espérance.

ORESTE.

Modère tes transports; sois prudente, tais-toi.

ÉLECTRE.

Modérer mes transports, ô mon frère, pourquoi?

ORESTE.

Si nos ennemis nous allaient surprendre,
Prends garde, chère Électre, on pourrait nous entendre.

ÉLECTRE.

Et qu'importe? — Artémis, chaste Divinité,
Qui protèges les bons et poursuis les infâmes,
Nous faut-il redouter ce vil troupeau de femmes
Dont le palais est infesté?

ORESTE.

Lorsqu'à mon père Arès voulut ravir la vie,
D'une femme il arma le bras.

ÉLECTRE.

Le souvenir de ce trépas
　　Vient réveiller ma douleur assoupie ;
O meurtre, ô trahison qu'on ne peut expier,
　　　Qu'on ne peut sans crime oublier.

ORESTE.

Nos malheurs sont toujours présents à ma pensée,
Et ta vertu bientôt sera récompensée.

ANTISTROPHE

ÉLECTRE.

　　Quel que soit le jour, le moment,
　　Je veux à mon ressentiment
Abandonner mon âme et justement me plaindre ;
Enfin ma voix est libre et je n'ai rien à craindre.

ORESTE.

Si tu veux sans danger garder ta liberté...

ÉLECTRE.

Je veux auprès de toi vivre en sécurité.

ORESTE.

　　Il faut alors avec plus de prudence
Surveiller ton langage ou garder le silence.

ÉLECTRE.

Si longtemps j'ai gémi sous un joug odieux,
J'ai pleuré si longtemps, faible et courbant la tête,
Faut-il me taire alors que mon âme est en fête,
　　　Quand tu m'apparais radieux ?

ORESTE.

J'attendais pour venir qu'un oracle céleste
M'annonçât l'ordre du Destin.

ÉLECTRE.

Alors le triomphe est certain
Si c'est un Dieu qui nous envoie Oreste.
O Dieu, qui que tu sois, toi qui veilles sur nous,
Je t'adore et tombe à genoux.

ORESTE.

C'est le Dieu du Lycos, c'est Phoibos qui m'envoie;
Relève-toi, ma sœur, et contiens mieux ta joie.

ÉPODE

ÉLECTRE.

Depuis longtemps j'attendais ton retour;
Puisqu'enfin a brillé le jour
Qui vers moi te ramène
Ne va pas, toi qui vis ma peine...

ORESTE.

Que crains-tu?

ÉLECTRE.

Ne va pas m'envier le plaisir
D'entendre ton langage.
Mon frère, laisse-moi contempler à loisir
Ton cher visage.

ORESTE.

Viens dans mes bras oublier ton malheur.

ÉLECTRE.

Quoi? Tu permets?

ORESTE.

Viens dans mes bras, ma sœur.

ÉLECTRE, au chœur.

O femmes, quand j'appris, par le deuil atterrée,
Qu'Oreste avait péri,
Ma bouche fut muette et ma gorge serrée
Ne poussa pas un cri.
Tu presses maintenant sous ta lèvre adorée
Mon front pâle et flétri
Et je vais vivre en paix, libre, heureuse, honorée,
Près d'un frère chéri.

ORESTE.

Ne perdons plus le temps en plaintes inutiles ;
Quand l'homme doit agir, les discours sont futiles.
Je connais notre mère et sais sa cruauté ;
Je sais comment Égisthe, en sa cupidité,
A ravi, dissipé les trésors de mon père.
Si tu veux qu'à nos maux succède un sort prospère,
Ne laissons point passer l'occasion d'agir.
Dis-moi, que faut-il faire afin de réussir?
(Montrant l'autel.)
Protégé par le Dieu qu'à Mycène on adore,
Dois-je entrer au palais, ou me cacher encore
Avant de les punir et de mes bras sanglants
Dans leur gorge étouffer leurs rires insolents?

8

Cependant garde-toi que ma mère ne voie
Sur ta lèvre un sourire et dans tes yeux la joie.
Sur mon funeste sort continue à gémir ;
Qu'on entende tes cris et ta lugubre plainte.
Bientôt j'aurai frappé ceux qui doivent périr
Et nous vivrons heureux et nous rirons sans crainte.

ÉLECTRE.

Commande, mon cher frère, et je t'obéirai ;
Je te dois le bonheur et jamais ne voudrai,
Fût-ce aux prix d'un trésor, causer la moindre peine
A celui que Phoibos ramena dans Mycène
Pour venger notre père et pour me consoler.
Je tairai mon bonheur, je sais dissimuler.
Entrons sans crainte ; Égisthe est absent à cette heure,
Et sans secours ma mère est seule en sa demeure.
Ne crains pas qu'auprès d'elle un sourire joyeux,
Trahissant mon bonheur, n'éveille ses alarmes ;
Non ; ses yeux ne verront que la haine en mes yeux ;
Regarde mon visage, il est baigné de larmes,
De larmes de plaisir ; je pleure en t'embrassant
Moi qui te croyais mort et te revois vivant.
Retour inattendu qui me rend l'espérance !
Tout me semble possible à présent ; si soudain
Mon père apparaissait, s'il me tendait la main,
Tu me verrais vers lui marcher sans défiance,
Avide de serrer son ombre entre mes bras,
Et le son de sa voix ne me surprendrait pas.

Puisqu'un Dieu t'a conduit, commande à ton esclave;
Quel que soit le péril, avec toi je le brave;
Je m'abandonne à toi pour nous conduire au port;
Avec gloire cherchons le salut ou la mort.

ORESTE.

Silence; du palais j'entends ouvrir les portes.

ÉLECTRE, à Oreste et Pylade.

Entrez donc, étrangers.

(Bas à Oreste.)

        Ce que tu nous apportes,
Personne en ce palais ne l'aurait rejeté;
Mais s'applaudira-t-on de l'avoir accepté?

SCÈNE II

ÉLECTRE, ORESTE, LE GOUVERNEUR,
PYLADE, LE CHŒUR.

LE GOUVERNEUR, sortant du palais.

Grands Dieux! Que faites-vous? Quelle est votre folie?
N'avez-vous plus tous deux souci de votre vie?
Le bonheur vous fait-il perdre le jugement
Et ne voyez-vous pas, dans votre égarement,
L'effroyable péril suspendu sur vos têtes?
Écoutez, écoutez, insensés que vous êtes!
Au seuil de ce palais si je n'avais veillé,
Vos imprudents discours auraient tout dévoilé.
Enfin, grâce à mes soins vous n'avez rien à craindre,
Mais cachez votre joie et sachez vous contraindre

Et sans perdre de temps à vous entretenir,
Entrez dans le palais; car il faut en finir.

ORESTE.

Que font nos ennemis, et quel est leur langage?

LE GOUVERNEUR.

Tout va bien; aucun d'eux ne connaît ton visage.

ORESTE.

Tu leur as annoncé qu'Oreste avait vécu?

LE GOUVERNEUR.

J'ai dit que par le sort Oreste fut vaincu.

ORESTE.

Ont-ils avec plaisir appris cette nouvelle?

LE GOUVERNEUR.

Tu le sauras plus tard.

ORESTE.

Ma mère? Que fait-elle?

LE GOUVERNEUR.

Tu vas la voir, entrons; et sache, si tu veux,
Que la fortune en tout favorise nos vœux.

ÉLECTRE, à Oreste.

Quel est cet étranger? Dis-le moi, je t'en prie.

ORESTE.

C'est un ami fidèle à qui je dois la vie;
Regarde-bien ses traits, ne les connais-tu pas?

ÉLECTRE.

Moi? Non!

ORESTE.

Lorsque ta main me sauva du trépas,

Par tes soins prévoyants bien loin de l'Argolide
Un homme m'emporta sur le sol de Phocide :
C'était lui.

ÉLECTRE.

Quoi! c'est toi, toi dont le dévouement
Me fut si précieux au funeste moment
Où mon père tomba sous la hache d'un traître.

ORESTE.

C'est lui.

ÉLECTRE, lui saisissant les mains.

Cher serviteur, si fidèle à ton maître,
Toi qui m'as conservé le fils d'Agamemnon,
Toi qui l'as ramené vivant dans sa maison,
Enfin toi qui viens mettre un terme à nos misères,
Ah! sois le bienvenu! Mains qui me sont si chères!
As-tu pu si longtemps te cacher à mes yeux?
Tu me faisais mourir par un mensonge affreux
Lorsque tu m'apportais le bonheur et la vie!
Salut! Salut, mon père! Ah! mon âme ravie
Croit voir un père en toi, toi qui le même jour
Méritas à la fois ma haine et mon amour.

LE GOUVERNEUR, à Électre.

Électre, c'est assez; tu sauras dans la suite
Combien j'eus de périls à braver dans ma fuite,
Mais pour citer les lieux où Phoibos m'a conduit,
Plus d'une fois au jour succéderait la nuit.

(A Oreste et à Pylade.)

C'est à vous maintenant, à vous que je m'adresse :
Il faudra vous armer et d'audace et d'adresse ;
L'heure presse, hâtez-vous, car les instants sont courts.
Clytemnestre, au palais de femmes entourée,
A notre bras vengeur sans défense est livrée ;
N'attendons pas qu'Égisthe arrive à son secours.

ORESTE.

Allons, Pylade, entrons ; il est temps qu'elle meure,
L'infâme qui souilla notre auguste demeure.
Mais d'abord invoquons l'aide des Immortels ;
Amis, prosternons-nous devant leurs saints autels.

(Ils s'agenouillent tous.)

(Musique.)

ÉLECTRE.

O puissant Apollon, exauce leur prière ;
Écoute aussi ma voix, car malgré ma misère
Jamais je n'ai manqué de t'adresser mes vœux.
Que ta divinité, sur des mortels pieux
Laisse, laisse tomber des regards favorables
Et dans son équité punisse les coupables.
Apollon du Lycos, veille, veille sur nous ;
Au pied de tes autels je t'en prie à genoux,
Et fais voir que des Dieux la justice infinie
Protège l'innocent et va frapper l'impie.

(Ils entrent tous dans le palais, excepté le chœur.)

SCÈNE III

LE CHŒUR.
(Musique.)

STROPHE

1er CORYPHÉE.

Soufflant la vengeance,
Voici qu'Arès s'élance ;
De meurtre et de sang il est altéré.
Erinnys, Erinnys, tes chiens inévitables,
Acharnés contre les coupables,
Dans le palais ont pénétré.
Mêlés de clameurs effroyables,
J'entends, j'entends dans l'air des cris épouvantables,
Des hurlements ;
Bientôt s'accompliront mes noirs pressentiments.

ANTISTROPHE

2e CORYPHÉE.

Menaçant et sombre,
Voici venir dans l'ombre
Le vengeur des morts, avide de sang.
Dans l'antique palais il se glisse en silence ;
Son bras armé pour la vengeance
Brandit un glaive menaçant ;
Nul bruit ne trahit sa présence ;
D'un pas furtif, mais sûr, vers son but il s'avance,
Et dans la nuit
Hermès, fils de Maïa, le guide et le conduit.

SCÈNE IV

ÉLECTRE, LE CHŒUR, CLYTEMNESTRE, dans le palais.

LE CHŒUR.

Mon cœur est agité de crainte et d'espérance.

ÉLECTRE, sortant du palais.

Écoutez, écoutez, ils vont agir; silence.

LE CHŒUR.

Que font-ils maintenant?

ÉLECTRE.

Ils sont à ses côtés;

Elle prépare l'urne.

LE CHŒUR.

Et tu les as quittés?

Pourquoi donc?

ÉLECTRE.

Ils ont peur qu'Égisthe ne revienne.

Je vais veiller ici pour qu'il ne les surprenne.

CLYTEMNESTRE, dans le palais.

Ah! Ah!

(Cris de terreur.)

Palais vide d'amis et rempli d'ennemis!

LE CHŒUR.

Grands Dieux!

ÉLECTRE, brusque.

Tais-toi. C'est fait. N'entends-tu pas ces cris?

LE CHOEUR.

J'entends, j'entends des cris horribles, je frissonne.

CLYTEMNESTRE, dans le palais.

Ah! Malheureuse! Égisthe! Au secours! Dieux! Personne!

LE CHOEUR.

J'entends des cris encore.

ÉLECTRE, tournée vers le palais.

En vain tu peux crier.

CLYTEMNESTRE, dans le palais.

Oreste, dois-je en toi trouver un meurtrier?
Mon enfant, mon enfant, prends pitié de ta mère.

ÉLECTRE, même jeu.

Toi, tu n'as eu pitié ni du fils ni du père.

LE CHOEUR.

Déplorable maison, malheureuse cité,
En ce jour vous tombez sous la Fatalité.

CLYTEMNESTRE, dans le palais.

Ah! Dieux! je suis blessée!

ÉLECTRE, à la porte du palais.

Achève, Oreste, achève!

Et si tu peux frapper, frappe encore.

CLYTEMNESTRE, dans le palais.

Ah! je meurs!

ÉLECTRE.

Et qu'Égisthe à son tour périsse sous ton glaive!

LE CHOEUR.

Hélas! Dans ce palais que de sang, que de pleurs!

SCÈNE V

ÉLECTRE, LE CHŒUR, puis ORESTE, PYLADE,
LE GOUVERNEUR.

STROPHE I

LE CHŒUR.

La malédiction enfin s'est accomplie :
Ils sont revenus à la vie
Ceux qui gisaient au loin sous la terre endormis.
Sous le fer de leurs victimes
Le sang des assassins coule à flots, et leurs crimes
Par les morts sont punis.

(La porte du palais s'entr'ouvre. On voit Oreste et Pylade, les mains
couvertes de sang.)

Je les vois ; Dieux ! de sang leur main est ruisselante ;
Leurs yeux fixes, hagards, me glacent d'épouvante.

ÉLECTRE, au chœur.

Aux mânes de mon père ils ont sacrifié ;
Arès voulait du sang ; le crime est expié.

(A Oreste.)

Oreste ! Eh bien ?

ORESTE, sur les marches du palais.

C'est fait.

ÉLECTRE.

La misérable est morte ?

ORESTE, s'avançant.

Oui, Phoibos me guidait et dirigeait mon bras.
Ta mère désormais ne t'insultera pas.

LE CHŒUR.

Égisthe vient; fuyez.

ÉLECTRE.

Derrière cette porte

Enfants, retirez-vous.

ORESTE.

Tu le vois?

ÉLECTRE.

Cachez-vous.

Il entre dans la ville et s'avance vers nous.
Le misérable! Il rit!

LE CHŒUR.

Partez; sous le portique

Cachez-vous promptement. Phoibos, ô dieu puissant,
Veille encore sur eux!

ORESTE.

Rassure-toi; le sang

Bientôt purifiera le foyer domestique.

ÉLECTRE.

Hâte-toi donc.

ORESTE.

J'y vais.

ÉLECTRE.

Et moi je veille ici.

(Oreste, Pylade et le Gouverneur entrent dans le palais.)

LE CHŒUR.

Enfin ils sont partis.

ÉLECTRE.

Prends garde, le voici.

ANTISTROPHE I

LE CHOEUR, bas à Électre, tandis qu'Égisthe paraît au fond de la scène.

Peut-être devrais-tu, si tu veux qu'il périsse,
Avoir recours à l'artifice
Et par d'adroits discours doucement le flatter.
Dans l'abîme son pied glisse,
La ruse sous ses pas l'a creusé; la Justice
Va l'y précipiter.

SCÈNE VI

ÉLECTRE, ÉGISTHE, LE CHŒUR, puis ORESTE
et PYLADE.

ÉGISTHE, au chœur.

Une heureuse nouvelle au palais me ramène;
Est-il vrai qu'il nous vient d'arriver à Mycène
Des Phocidiens, disant que, vaincu par le sort,

A Électre.

Dans des courses de chars ton frère Oreste est mort?
Toi que je vis toujours insolente et farouche,
C'est toi que j'interroge, Électre; oui, c'est toi;
Ce grave événement t'intéresse et te touche;
Tu connais les détails sans doute? apprends-les moi.

ÉLECTRE.

Oui, je les connais tous. Pourrais-je indifférente
Du sort d'un frère aimé demeurer ignorante?

ÉGISTHE.

Où sont les messagers?

ÉLECTRE, montrant le palais.

Ils ont franchi ce seuil.

ÉGISTHE.

Comme ils le méritaient leur fit-on bon accueil ?

ÉLECTRE.

On leur fit au palais un accueil convenable.

ÉGISTHE.

Vous ont-ils assuré que le fait est certain ?

ÉLECTRE.

D'Oreste nous savons tous quel est le destin :
Ils nous en ont donné la preuve irrécusable.

ÉGISTHE.

Je veux aller aussi m'en informer près d'eux.

ÉLECTRE.

D'un spectacle effrayant va repaître tes yeux.

ÉGISTHE.

Pour la première fois j'ai plaisir à t'entendre.

ÉLECTRE.

Le malheur à ton tour pourra bien te surprendre.
Sait-on ce que les Dieux vous réservent jamais ?

ÉGISTHE.

Tais-toi. Va faire ouvrir les portes du palais
Et que tout habitant d'Argos ou de Mycène,
Dont le cœur nourrirait quelque espérance vaine
Sur le retour d'Oreste, apprenne qu'il n'est plus ;
Au lieu de s'épuiser en regrets superflus,
Qu'il subisse mon joug, sans que la résistance
M'oblige à son égard d'user de violence.

9

ÉLECTRE.

J'ai compris qu'au Destin nul ne peut résister,
Et contre un plus puissant on a tort de lutter.

(Elle va ouvrir les portes du palais. On voit Oreste, Pylade, le Gouverneur,
près d'eux le cadavre de Clytemnestre caché sous une draperie.)

ÉGISTHE.

Puissant Zeus, ta bonté pour moi fit ce miracle ;
Si ma joie est impie en voyant ce spectacle,
Pardonne, Némésis ; car mon cœur soucieux
N'espérait pas si tôt voir cesser mes alarmes.

(A Oreste et Pylade.)

Otez ce voile épais qui le cache à mes yeux ;
Le sang nous unissait et je lui dois mes larmes.

ORESTE.

Pour la dernière fois si tu veux contempler
Le corps étendu là, découvre-le toi-même,
Puisque tu dois lui rendre un hommage suprême.

ÉGISTHE.

Soit. — Appelez la reine.

ORESTE, tirant le voile.

A quoi bon l'appeler ?

Elle est auprès de toi.

ÉGISTE.

Que vois-je, misérable ?

ORESTE.

Me reconnais-tu ?

EGISTHE.

Dieux ! En quel piège effroyable
M'as-tu précipité ?

ORESTE, tirant son épée.

Malheureux ! Ah ! frémis.

Tu parlais de ma mort; regarde-moi, je vis.

ÉGISTHE.

Oui, je te reconnais, la feinte est inutile,

Oreste est devant moi.

ORESTE.

Pour un devin habile,

Tu t'es trompé longtemps.

ÉGISTHE.

Malheur ! je suis perdu.

Entends-moi !

ÉLECTRE.

Trop longtemps nous t'avons entendu.

ÉGISTHE.

Écoute.

ÉLECTRE.

Au nom des Dieux, mon frère, fais-le taire.

ORESTE.

Menteur est ton langage et vaine ta prière,

Penses-tu par des pleurs pouvoir nous attendrir ?

ÉLECTRE, à Egisthe.

Lâche qui m'insultais et qui n'oses mourir.

(A Oreste.)

Frappe-le; que son corps laissé sans sépulture,

Offre aux chiens, aux corbeaux une immonde pâture,

C'est ma seule vengeance.

ORESTE.

Entrons sans hésiter ;
Puisque tu dois périr, à quoi bon discuter ?

ÉGISTHE.

Pourquoi quitter ces lieux ? S'il faut que je périsse,
Au grand jour, devant tous, ici fais-toi justice.

ORESTE.

Au lieu même où mon père est mort assassiné,
Tu vas mourir aussi ; les Dieux t'ont condamné.

ÉGISTHE.

Ce palais verra donc de tous les Pélopides
Les maux se succéder !

ORESTE.

Il verra les perfides
Et les traîtres punis, à commencer par toi.
Entre, te dis-je !

(Il cherche à l'entraîner.)

ÉGISTHE, résistant.

Non.

ORESTE.

Je vais te...

ÉGISTHE.

Lâche-moi,
Crains-tu que je m'échappe ?

ORESTE.

Échapper ! Impossible.
Non, je vais t'infliger un châtiment terrible,

Et tes yeux en mourant verront avec horreur
L'autel et le foyer profanés par ton crime.

(Oreste, Pylade et le gouverneur entraînent dans le palais Égisthe
qui se débat.)

(Musique.)

LE CHŒUR.

Le sacrifice est prêt; la coupable victime
Va tomber sous le fer du sacrificateur.
C'est ainsi que devraient périr tous les impies
Qui transgressent les lois par les Dieux établies.

(A Électre.)

Victime tant de fois de la Fatalité,
Tu renais à la liberté,
Fille d'Atrée.
Après avoir été si longtemps éprouvée,
Par ton courage et par ta piété
Tu t'es sauvée!

FIN

Coulommiers. — Imp. PAUL BRODARD. — 390-1902.

www.ingramcontent.com/pod-product-compliance
Lightning Source LLC
Chambersburg PA
CBHW070745280626
47162CB00017B/2364